デート・ア・ライブ　フラグメント

バレット 8

BULLET 8

「それでも。わたくしは、それを慈しみたいと思いますわ」

精霊――時崎狂三《ときさきくるみ》

「今から殺し合うのに、慈しみたいのかな？」

狂三のかつての親友——山打《やまうち》紗和《さわ》

「ご感想をお伺いしたいのですが」

「…………ッ」

あなたがいなければ、わたくしはとうの昔に諦めていたでしょうし。
あの子がいなければ、わたくしはとうの昔に消えていたでしょう。
だから、ここにいる半分はあの子のため。
もう半分が、あなたのためなのです。
伝えたいことは沢山あって。その半分も伝えられるか疑問で。
でも、とにもかくにもただ会うだけで嬉しくて嬉しくて。

「チャペルでお待ちしていますわ、とのことです」

デート・ア・ライブ　フラグメント

デート・ア・バレット8

東出祐一郎
原案・監修：橘 公司

ファンタジア文庫

3156

口絵・本文イラスト　ＮＯＣＯ

――いつだって、好きでした
――いつだって、それがあれば乗り越えられました
――その感情は秘密にしたくて、打ち明けたくて、叫びたくて、
しまっておきたくて、ぐるぐるぐるぐる大変でした
――それを恋と人は呼び、それを愛だと誰かは呼ぶのでしょう
――私は、わたくしは、それだけで生きてきました
――それだけが、生きる縁《よすが》でした
――恋に生きて、恋に死ぬ
――愛に死に、愛に生きる
――そんな風だったら、どんなに良かったでしょう
――おしまいの円舞曲《ワルツ》が流れ出す
――それは恋と弾丸と、血と友情の曲
――その名は、
デート・ア・ライブ フラグメント
デート・ア・バレット8
DATE A LIVE FRAGMENT 8
SpiritNo.3
AstralDress-NightmareType Weapon-ClockType [Zafkiel]

○プロローグ

■蒼《ツァン》

【ハルバードをくるくると回している。わたしに気付いて振り向き、きょとんと小首を傾《かし》げる。インタビューと聞いてますます首を傾げる】

インタビュー？　どういうこと？　語ればいいの？　あなたに？　何を？　質問するから、答えればいいの？　どうしてそんなことを。……まあ、いいけど。

それでは名前をお願いします。

ん。蒼。青色という意味。カッコいい、自分でも気に入っている。

経歴とか、語れたりします？

私は――隣界《ここ》で目覚めた。名前以外に彼方の世界《げんじつ》の記憶はない。気が付けば手にハルバードがあって、戦うことが使命だという自覚があった。でも最初は怖くて、怯《おび》えて逃げ回っていた記憶がある。

よく生きていられましたねー。

師匠……篝卦《かがりけ》ハラカに拾われて、鍛えられた。私は戦うことに才能があったし、戦うことが好きだったし、問題なく人生を歩むことができた。

こういうの聞いたらアレかなー、と思うんですけども。戦って相手を倒しちゃうことに、何か躊躇《ためら》いはありました？

……あまりない。命乞いをされれば見逃したし、されなければ相手を消《ころ》した。私は私の命をチップにして、相手は自分の命をチップにして勝負した。命を奪うことの重みはあったけど、その重みこそが私の生きる糧《かて》だった。……そう考えると、私は……。

どうしました？

いや、何でもない。ともあれ私は平気だった。永遠に戦い続ける天国、北欧神話におけるヴァルハラ。そこに私はいるのだ、と感じていた。私は無敵だと思っていた。……時崎《ときさき》狂三《くるみ》に遭遇するまでは、だけど。

……狂三さん、どうでした？

時崎狂三は精霊で、私は準精霊。でも、身体スペックにそう違いはなかった。弾丸の速度だって、躱《かわ》せないほどじゃない。これがもし、伝説に名高い精霊みたいに『ただただ災厄を振りまくだけの現象』であれば、私は敗北に納得したと思うし何だったら逃げたと思う。でも、彼女はそうじゃなかった。屈辱的だったのはそのこと。私は作戦に負けて、戦術に負けて、知恵比べに負けて、戦いに負けた。……紙一重の戦いに、負けた。まあ、あれは厳密に言うと緋衣《ひごろも》響《ひびき》が時崎狂三の力を使っていたのだからノーカンと言えばノーカンだけど。

ははは、まあまあ……まあまあ。

でも、恐らく時崎狂三本人とあの時の私が戦っても……恐らく同じ結果になったと思う。時崎狂三は……決して最強という訳じゃない。少なくとも力比べなら勝てるし、接近戦でも私の方が上だと自負している。でも、戦えば負けてしまう。

それはどうして?

膨大な戦闘経験、武器の特質を完全に把握した戦術、色々あるけど……結局、彼女の生存本能というか目的意識に勝てないんじゃないか、と思う。私は体感したことがないけれど、『記憶の君』とか『王子様』とか呼ばれてたっけ? その人に、会いに行くんだよね? 私的にはお勧めできないけど。要するに、それに負けた感がある。

つまり……愛の力で勝った、みたいな?

……愛……。愛は……分からないけど、多分そんなところじゃないか。私も誰かを愛せば、ああいう力が手に入るんだろうか。それとも、そんなことを考えているから、誰かを愛せないのだろうか。

それは分かりませんよ。愛の形なんて、準精霊《ひと》それぞれですし。ところで、そろそろ質問を変えてもいいですか？　好きなこととか、嫌いなこととか、お伺いしたいのですけど。

好きなことは戦うこと、嫌いなことは負けること。それ以外は特に何もなし。アイドル活動は……まあ、ちょっと好き。〈天星狼《ライラプス》〉のお手入れはかなり好き。

うーん、無趣味感溢《あふ》れてる。あ、一〇年後の自分に向けて何かメッセージとかありますか？

一〇年後の自分……。私へ。私は戦えているだろうか？　戦えていないなら、何が何でも戦え。それが私の望みだ。

それでは最後の質問です。蒼さん、あなたは——この後、何をしたいですか?

私は、旅立ちたい。そう、夢見ている。つまりはそういう事。緋衣響も一緒に行くのでは?

まあ、一応は……。

大丈夫。あなたは殺されても死なない。私が保証する。

嫌な保証だなあ!

■佐賀繰唯《さがくれゆい》

【佐賀繰唯は、自分と同じ姿をした存在と互いの調整を行っている。彼女は人形であり、量産されているが……その実、準精霊と同じ能力、準精霊と同等の思考レベルを有してい

る。何気に凄《すご》くないですかそれ】

ええと……インタビュー、ですか？　はぁ、私には縁のなかった単語ですが……。インタビューと言われても何を話せばいいのやら。質問に答えればよろしいのですか？　はい、分かりました。そういう事であれば。隣界《りんかい》の機密に関わる以外ならば、問題ありません。あ、隣界の機密ももう大丈夫なのかな。大丈夫ですね。何でもどうぞ。

まずはお名前を。

佐賀繰唯、と申します。かつて第七領域《ネツアク》の支配者《ドミニオン》だった佐賀繰由梨《ゆうり》の妹……を模して作られた、人造の準精霊と定義すればよろしいでしょうか。便宜上、佐賀繰由梨様のことは姉と呼称していました。私は姉に製造《つく》られた身ですが、奇妙なことに——あるいは納得できることに、私は大量生産されたのです。姉の妹に対する偏愛は形だけのものだったのか、あるいは歪《ゆが》んだ愛だったのか、人造の身では分かりかねます。とはいえ、私は使い捨てられる存在として生まれた訳でもありません。私は別の佐賀繰唯と同期し、情報を受け渡すことができたのです。

……ああ、そう言えば時崎狂三は分身を作成することができるのですね。彼女も似たようなことができるとお伺いしたことがあります。同期は……する必要がない？　そういう銃弾をそもそも所有している？　便利ですね……。

かつての私の役割はこの隣界の情報を集めること。あるいは不要、邪魔、障害となるべき準精霊を抹殺することでした。まあ、前半はともかく後半は……あまり上手《うま》くいったためしがないのですが……。

え？　どうしてです？

私のセンス、思考、感情、倫理観は本来の佐賀繰唯に準拠しています。従って、その、戦闘に関する才能が——あまり豊かとは言い難《がた》かったものと。私の無銘天使、霊装《ドレス》から与えられた能力を含めても、やはり私は諜報《ちょうほう》専門だな、と。

くノ一っぽいですもんね。

どうしてくノ一なんでしょうね？　自分のことながら、イマイチよく分かっていません。

でも、私は私の在り方が気に入ってます。

お姉さんについてお伺いして、いいでしょうか？

私の姉は、壊れていたかどうかと問われれば肯定せざるを得ないでしょう。あの……時崎狂三が追いかけている、『名無しの君《かれ》』。遠い世界の人間に恋《こ》い焦がれてしまった。……行きたかったのでしょうね、彼方の世界《げんじつ》へ。そのために全てを裏切ったことは罪とするべきですが——動機への理解は、したいと思います。

なるほど。好きなことと嫌いなこと、お伺いしてもいいでしょうか？

好きなことは……瞑想《めいそう》と読書です。嫌いなことは、特にないかな……あ、いえ一つありました。姉様の無茶ぶりを実現させるために右往左往させられたことです。ただ、今となってはその右往左往も懐《なつ》かしく思えます。

読書は定番ですが、ジャンルは何かあります？　やっぱり恋愛小説？

何がやっぱり、なのかは分かりませんが違います。……誰にも言わないで貰《もら》える、と約束していただけますか？　する？　本当に？　では、告白します。アイドルです。アイドルの熱血青春成り上がり小説です。輝俐《キラリ》リネムの立身出世を小説にした『キラリン革命』（作者：はずみんIOB）とか最高でしたね。あれ、やっぱり作者は輝俐さんなんでしょうか。

本人じゃないんじゃないかな……というか作者の名前……。

アイドルいいですよねアイドル。キラキラ輝いていて……歌も上手くて……踊りも上手くて……。Sランクアイドルなんか芸術ですよね……。絆王院瑞葉《ばんおういんみずは》さんと輝俐リネムさんのワンナイトオンリーユニット最高でした……。

お、おう。意外な趣味が最後に発覚したな……。それはそれとして。将来というかなんというか。変な尋ね方ですが。これから、どうしたいですか？　一〇年後の自分に送るメッセージ的な感じで答えていただければ。

どうしたいか、ですか。私はもう決めています。この隣界に留まり、この世界を回し続けるお手伝いをしようと思います。姉様がいなくなった以上、恐らく私たちは少しずつ経年劣化して消えていくのでしょう。

でも、それでいいのだと私は思っています。一〇年後の自分に向けてメッセージ……うーん、一〇年後に私は生きているのかどうか不明なので。保留ということで。生きていたら、ラッキーくらいに考えておきますね。

唯さんは、現実へ行きたいと思わない？

特には。私には彼方《かなた》の世界の記憶がなく、未練のようなものもありません。そもそも、私という存在が、はたして現実で生きられるかどうか疑わしいですし。私以外に生き残った佐賀繰唯も、意見は一致しています。私たちは現実に行くべきではない、と。

……あ、そうですね。この時点でやはりそうです。行くべきではないと、私は今言いました。帰るべきではないではなく。

やはり私は——こちら側の住人なのだと思います。

【佐賀繰唯さんはそう言って、微笑《ほほえ》みというか微苦笑というか、少し切なくなるような笑みをわたしに見せた。諦観、寂寞《じゃくばく》を感じさせる笑いだった】

少しだけ残念なのは。隣界……少し、寂しくなっちゃいますね。きっと。

■輝俐リネム

【輝俐リネムさんは迷うことがない。こちらを見つけた途端、ニコニコと満面の笑みで近寄ってきた。後ろには絆王院瑞葉さん、じっと輝俐さんとわたしを見つめている。透明な眼差《まなざ》しには、隠しきれない熱が籠もっている。うーん、わたしが言うのも何だが好き過ぎでは？】

少々よろしいでしょうかー？

いいよー、なになに？　インタビュー？　オッケー問題なし！　テーマは何？　アタシの新曲についてとか？　まだマズいって言われてるけどヒビキンならいいよ！

違う違う、コンプライアンスに真っ向から喧嘩《けんか》を売るの止《や》めてください。……とりあえず、もう滅茶苦茶《めちゃくちゃ》知ってますけど一応名前からですね。

アタシ？　輝俐リネム、年齢は一六とか一七くらい？　スリーサイズは秘密。まあでも、結構自信アリ寄りのアリかなー。趣味はアイドル、特技はアイドル、好きなことはアイドル、まあ歌うことも含めて？　そうそう、あの時はホントにありがとね！

お、おう。怒濤《どとう》のように流れてくるな自己紹介……。それでは次なんですが。

隣界では戦うことがどうしても必要になりがちだけど、戦えないことを引け目に感じる必要はないと思うのよね、アタシ。世界って、それだけで回ってはいけないと思ってるの。幸い、それに賛同してくれる準精霊たちも増えてきて……第九領域《イェソド》が戦わない領域だって理解してくれるようになった。

あの、すみません。まずはちょっとこちらの質問を、

でも、さ。このところ、ちょっとアレなのよ。不調って訳じゃない、何もかも本当に上手くいってる、上手く回っている、上手く動いてる。順調順調。でも、それってさ。アタシと瑞葉より上のアイドルが出てこないってことなのよね。一年ヒットチャートの常連に居座るって、なんというかむしろ退化とか停滞って気がしない？　もちろん新曲出してるわ。出す度に一位取れるわ。でも、なんかこう……ムズムズするのよ、アタシ！

話聞いてくださいよー！　まあ何かこっちの望む話になってきたからいいですけど！

そう。だからアタシは思うのよ。行けるなら、行っちゃっていいんじゃないかって！　アタシがいなくなったって、第九領域《イェソド》は何とかなるでしょ。

――なる、ほど。そういう選択ですか。なるほど。

ヒビキンが聞きたかったことはこれでしょ？　さ、後は瑞葉に聞いてみてよ！　アタシだって、バカじゃないもん。かなりバカだけど。瑞葉の気持ちは大切にしたいし、瑞葉の想《おも》いをどうあれ尊重したいから、さ。ほらほらさあさあ！（ぐいぐいと彼女を押す）

さ、最後に質問！　一〇年後の自分に向けて何か！

何もない！　一〇年後のアタシは一〇年後に考えればいいから！

は、はーい！　それじゃあ次は瑞葉さんにー！

■絆王院瑞葉

【当然ながら、瑞葉さんはわたわたしている。インタビューを聞いていた訳ではなくとも、雰囲気的に大事なことを尋ねていたことが理解できたのだろう。いや、本当は聞いていたのかな？　まあ、それはともかくとして。彼女はすうはあと何度も深呼吸してから、自分のスタッフに目配せした。彼女たちは不承不承という感じでもうちょっと瑞葉さんから距離を取った】

ええと、よろしいでしょうか？

はい、もちろんです。何か尋ねたいことがある、のですよね？　この絆王院瑞葉、答えさせていただきます。がんばります。

ガッツポーズとか美少女フェイスに相反して可愛《かわい》いよなこの人……。それはともかくとして、自己紹介とかしていただけるとありがたいです。

う、うん。絆王院瑞葉、年齢は分かりません。身長は公表していますけど、体重は内緒です。ごめんなさい。

あ、やっぱりそれはアイドルとして？

いえ、私と体重をピッタリ合わせようとするファンの人が稀《まれ》にいるので……。無理なダイエットとか、逆に無理に太るとか。体に毒ですから。なので身長以外は極秘にしているのです。

思ったより重たい理由だった……。ええと、じゃあ続けてください。

はい。好きなことはもちろんアイドルです。歌うこと、踊ること、撮られること、何でも好きです。嫌いなことは……特に、ないです。あ、いえ。嫌いというか怖いことはありますけど。その、嫌われることとか。

ま、まあ嫌われるのは大抵、イヤだと思いますけど……。あ、これアレか。特定の人に嫌われるのがイヤっていうアレですか。

そ、そんなことはあるかもしれません。あ、でも誰かを特定するのはダメです。絶対にダメですからね？

……うん、まあ追及する気はありませんけど……バレバレだし……。あとまあ、特定されたくないその人、多分瑞葉さんを嫌うことはないと思いますよ。

ホント!? それならいいんだけど……リネムさん、いつもつかみ所がなくて困ってるんです。うう、私の気持ちは届いているんでしょうか……届いているといいな……。

(名前言っちゃったよこのドジっ子アイドル!?)

それでその、私に尋ねたいことは多分……あれですよね？　はい。私は決めています。リネムさんが行くなら行く。行かないなら行かない、です。受動的とか、流されやすいとか、自分の人生をそういう風に決めていいのか、とか。色々……色々と考えましたけど。でも、やっぱり私は好きな人と一緒にいたい、です。……あれ？　私、今すっごくマズいこと言いませんでした？

(今さらだし) あーまー大丈夫じゃないですかね……。

何か返答が雑なような……。えっと、私からは以上です。ファンの人がついてきてくれるかどうかは……皆さんにお任せします。皆さんで考えてみてください。……冷静に考えると、向こうの世界は多分……いえ、その……何でもありません。私は、頭あまり良くないですし。他の方が説明してくれると思います。

最後に。一〇年後の自分に向けてメッセージをどうぞ！

一〇年後の私へ。どうか、あの人と一緒にいられますように。喧嘩をしても、離れることのありませんように。

■キャルト・ア・ジュエー

【キャルト・ア・ジュエーは第三領域《ビナー》の元支配者《ドミニオン》、白の女王《クイーン》に戦いを挑んで敗北、逃げていたところを時崎狂三と遭遇。かねてからのファンだったらしく、熱烈ラブコール。でも狂三さんは割と塩対応な気がする。それはともかくとして、肝心なのは四枚のトランプ。スペード《エース》、ハート《トゥエルブ》、ダイヤ《ナイン》、クローバー《フォー》、各トランプがそれぞれ自意識のようなものを持って動いている】

やっほー皆さん、お元気でしたかー？

あ、来たな緋衣響！　いつもいつも時崎狂三様と一緒に行動して羨ましい！　でも代わってとは言えない！　だってボク、緊張すると何を言い出すか分からないからネ！　だから「羨ましい……妬ましい……憎しや……」とだけ伝えておこう。あ、その台詞《せりふ》の部分だけおどろおどろしいフォントに変えておいてくれ。

いきなり何言い出すんですか、このトンチキ王子様。あー……とりま自己紹介、いっときます？　しなくてもいいですけど。

ボクの扱い、ちょっとぞんざいじゃないかキミ!?　あー、こほん。ボクの名前はキャルト・ア・ジュエー。第三領域《ビナー》の元……いや、現支配者《ドミニオン》だ。何だ我が手下ども、その訝《いぶか》しげな目は。ともかく、ボクは眉目秀麗《びもくしゅうれい》で才能に満ち溢《あふ》れた天才準精霊だと思ってくれればいいだろう。そして時崎狂三のナンバーワンのファン！　という訳さ。

ナンバーワンのファンって、なんかヤバい香りしかしませんよねアニー・ウィルクス味

があって。

人をヤンデレ監禁殺人鬼に喩《たと》えないでくれたまえ。大体ね、ボクは──『あー、分かる分かるでござる。主にちょっとそういう欲があるということは否定できないでござるな』(スペード《エース》)『我らの主にサイコパス傾向があることは否定できないと思うがいい！』(クローバー《フォー》)『あれ？　ということはいつも日常を共にしているアタシたち、実は大ピンチだったりするッス？』(ダイヤ《ナイン》)『警察官を呼んでくださーい！』(ハート《トゥエルブ》)

一気に騒がしくなった‼　ややこしいので何とかしてくれませんかコレ！

う──る──さ──い──ゾ──！　しゃらっぷ‼　……ふぅ。すまない、話を続けよう。ボクの能力は見ての通り、トランプの擬人化……人……まあ、トランプを自由に動かせる能力、というのが一番分かりやすいのかな？　トランプを使って戦いそう、と言われて本当に戦う奴《やつ》がいるか、という感じだけど。まあ、便利は便利だ。どんな状況下でも、このトランプたちのお陰で最低限の戦力を保つことができる。何より、王様《リーダー》のように振る舞うことができたからね。

王様になりたかったんです？

いや、それが全然。驚きの事実かもしれないが、ボクはどちらかというと内気な方だよ。内気というか……コミュニケーションがめんどくさいというか……推しを見ていたいだけというか……。

本当に驚きの事実ですね……よく支配者《ドミニオン》やってましたね……。

迫害されるのを見て見ぬ振りをするほどダメ準精霊でもなかったんだよなぁ、アハハハハ。でもまあ、今回のコレはいい機会かなって思っている。

あ、ということは——

うん。ボクは……あちらへ行こうって思ってる。えーと、結局のところボクは風来坊気質だからね。支配者《ドミニオン》になったのも、何というか……助けを求められて何となく、だったし。

でも、これからは昔より随分と平和になるはずだ。残る支配者《ドミニオン》の面子《メンツ》から考えても、未来は安泰さ。それならボクは、風の吹くまま気の向くままにしたい。ただ、一つだけ懸念《けねん》材料があってさぁ、聞いてくれるかい？

は、はい。何でしょう？

——こいつら、向こうに行っても大丈夫だろうか。

【そう言いつつ、キャルト・ア・ジュエーは自分を取り囲むトランプの兵隊たちを指差し、ため息をついた。ワイワイガヤガヤと騒ぎ立てるトランプたち】

あー……どうでしょう。ちょっとどうなるかは分かりません。

だよねぇ。この子たちがダメそうなら、まあしょうがない。前言撤回して残るとしよう。狂三様に会えなくなるのはちょっと寂しいけどねえ。『拙者たちをダシにするなでござるー！』（スペード《エース》）『わたしたちのことはいいから、自分で決めてくださーい！』（ハート《トゥエルブ》）

『我々のためにしたいことをしないのは、本末転倒だと思うがいい！』（クローバー《フォー》）『それで決めてしまえば、一生後悔すると思うッスよー』（ダイヤ《ナイン》）

【キャルト・ア・ジュエーはハッとした表情でトランプたちを見る。普段はふざけているトランプたちの真剣な表情に気圧《けお》され、コホンと誤魔化すように咳払《せきばら》い】

……前言撤回しよう。ボクは向こう側に行ってみたい。何が待つにせよ、何かを失うにせよ、ボクは……彼方《かなた》の世界に行ってみたい。ええいくそ、まさかコイツらに諭される日が来るとは。うるさいぞトランプども、角を折り曲げられたいのかー？

【ぎゃあ、とトランプたちが悲鳴を上げる。角を折り曲げられるの、そんなに怖いのか】

こほん。それでは最後に一〇年後の自分に向けてメッセージとかどうぞ。

メッセージ……と言われてもなあ。一〇年後の自分が路頭に迷ってないことを祈るしかないかなー！　そもそもボクたちは歳《とし》を取れるんだろうか！　ま、その辺は何とかなるだろう、と信じたい！

ありがとうございましたー！

ところでさ、緋衣響。キミはどうするんだい？　キミは……向こう側に、行くのかい？

うーん、それがですね。どうもわたし、現実に行くのがほぼ不可能じゃないかと思っているのです。

どうしてさ？

わたしの肉体は元からないかもなので、つまり向こうに行ったら消えてしまうんじゃないかと。

【わたしの言葉に、キャルトははっと身を強張《こわば》らせる。それから申し訳なさそうに『ごめん』と呟《つぶや》いた。いえいえ、どういたしまして】

でもまあ、大丈夫かもです。色々と秘策はあるので。

そうか、なら安心だ。きっとキミは、どこでも逞《たくま》しく生きていけるよ。都会のネズミのように！

褒めてない!?

■アリアドネ・フォックスロット

【アリアドネ・フォックスロットは心底眠そうだ。ぺたんと座って、準精霊たちを眺めているが時折船を漕《こ》いでいる。隣にいるのは雪城真夜《ゆきしろまや》と篝卦ハラカ。二人とも、ほうと一息ついて空を眺めている。柔らかな金色の髪の毛を軽く束ねたふわふわ系少女。可憐《かれん》とか綺麗《きれい》ではなく可愛《かわい》い、それもハートマークがつくタイプの顔立ち。でも口元に涎《よだれ》ついてるなこの人】

すみませーん、少々よろしいですか？

ん？　んん？　……んー……ん？

ダメだ寝てしまいそうだこの人。ハラカさん、起こしてあげてください。

むにゃ……むにゃ……ひぎゃ⁉　ちょっとハラカなんだよぅ。出るとこ出るぞー。え？　インタビュー？　めんどい……あ、でもひびきんかー。……ま、それならしょうがない。答えてやるぞよぅ。

丁寧なのかぞんざいなのか分からない……。ま、いいです。それでは自己紹介、どうぞ！

ありあどね・ふぉっくすろっと～。おわりー。

おうい。破滅的に可愛い眠たげな声で名前を言って終わりはないですよさすがに？

もうちょっと色々とあるでしょう。支配者《ドミニオン》だとかどうとか。

んー……第四領域《ケセド》の支配者《ドミニオン》で、無銘天使〈太陰太陽二四節気《たいいんたいようにじゅうよんせっき》〉を使いまーす。水銀の糸みたいな感じで、切断も捕縛も何でもこい。あと感情を季節に分類して計測・操作することができるのぅ。

カジノのトランプ勝負のとき、滅茶苦茶《めちゃくちゃ》強かった理由ですねー。まあ、アレは狂三さんが狂三さんのせいで色々とアレでしたが。

アレだったよねぇ。くるみんって頭おかしいよねぇ、ホント。でもまあ、二度と忘れられない良い勝負だったよぅ。もう一度やりたかったなぁ。

好きなことと嫌いなこと、聞いてもよろしいですか？　あ、好きなことはいいです。大体分かりますから。

好きなことは寝具グッズのコレクションだけどぅ？

え、眠ることは？

人間、眠るのは習慣じゃない？　好き嫌いはあまり関係ないんじゃないかなぁ？　それとも嫌いなものが睡眠だったらひびきん、眠らないの？　それは、とても健康に良くないと思うよぅ……？

いきなり正論で殴ってきた⁉

嫌いなことはうーん……。眠るのを邪魔されること、かなぁ。いやでも……やっぱり違うかもぅ。だって、ハラカちゃんとマヤマヤに眠りを邪魔されても全然平気だし。あ、わたしってば今何か恥ずかしいこと言ってない？　うーん、だとすると……あ。嫌いなこと……嫌いなひと、一人だけいたよぅ。

嫌いな人？　それはどなたですか？　言っちゃっていい感じの人です？

宮藤央珂。わたし、あの子が嫌いになっちゃった。うん。だってさ、あの子……凄く、いい子だったんだよぅ？　隣界の未来についていっつも気難しそうに考えてて、わたしたちを引っ張って先代から引き継いだ領域会議も頑張ってリーダーシップを取っててさぁ。ノブレス・オブリージュだかなんだかって、気張っててさぁ。……別に貴族でも、なんでもないのに。自分は特別で、凄《すご》くて、だから、全然辛くないいんだっていつでも頑張っててさぁ。わたしみたいなのとは全然違っててさぁ。居眠りする度に注意して支配者《ドミニオン》としての在り方とかお説教してきてさぁ……。それなのに、いつのまにか手玉に取られていつのまにか洗脳されてて。利用されて、死んじゃうとか。死んだ直後はそんなに衝撃はなかったけど、こうしてると……なんか、じわじわ来るんだよねぇ。

……そうですか……それは……うん、そうですね。嫌いになっちゃいますね。

でも、お陰で決めることができた。多分、ひびきんが一番聞きたいことだと思うけど。わたしは、隣界に残るつもりぃ。あの子が頑張ってきた世界を、最後の最後まで見届けたいんだぁ。この後、消えてしまうかもしれなくても。それでも……それでもさ。頑張った人の頑張った証《あかし》がなくなっちゃうのは、耐えられないいんだぁ、わたしってば。

……よく分かりました、ありがとうございます。それでは一〇年後の自分に向けて、メッセージとかお願いしまーす。

一〇年後も、皆と仲良くしていますように。それくらいかなぁ。他に聞きたいこととか、あるぅ？

聞きたいことはないですけど、伝えたいことはありますね。世界平和を、よろしく。

了解了解。じゃ、次に何かあるまでわたしは仮眠取っちゃうねぇ。おやすみぃ。

■篝卦ハラカ

【篝卦ハラカ。最古参の準精霊にして、数多《あまた》の弟子を従える巫女《みこ》服戦闘マニア。大人っぽくもあり、子供っぽくもある彼女は戦い続けて勝ち続けた支配者《ドミニオン》だ。彼女はわたしを見ると、おう、とぶっきらぼうに言って手を掲げた】

お疲れ様でーす。

はいはいお疲れ。いや本当にな。あたしも歳《とし》を取ったってことかねえ。この世界に年齢による肉体の老化は多分なさそうだけど。精神の老化は避けられないだろうし。まあ、それは置いといてっと。インタビューかい？

そうそう。えーと、まずは自己紹介とかからお願いしていいですかね？

篝卦ハラカ。年齢不明、第五領域《ゲブラー》の支配者《ドミニオン》。身長も体重もスリーサイズも測ったことないから分からない。あたし、二メートルくらいある？ ないか。無銘天使は〈呪言蠕動《スラップカース》機関《メーカー》〉、霊符を作る無銘天使さね。

あ、何気に初めて聞いた気がします。無銘天使で攻撃するんじゃなくて、無銘天使で霊符を作ってたんですね。

ワンクッション置くというハンデはあるけど、その分だけ万能属性《オールマイティ》なのさ。あたしはどんな戦況、どんな状況でも万能に捌《さば》く自信がある。捌いて、自陣を構築して有利にして勝つ。結局、あたしの領域に至った弟子はいなかったなー。蒼は完全に別方向に伸びていったし。

狂三さんが近いかもですね。あの人も、「戦況を有利にする」ことについては滅茶苦茶な性能持ってますから。

あー、分かる分かる。万能というには狭いけど、それを戦略と戦術で強引に覆《くつがえ》してる感じ。正直、めっちゃ好きな戦闘スタイル。一度戦ってみたかったなー。でも、間違いなく殺し合いになるからマズいだろうなー。

狂三さん、戦うのも勝つのも好きですけど苦戦したりするのは嫌いらしいので余程の理由がない限り、難しいんじゃないかなー。ハラカさんのこと「戦術がかち合うタイプと戦うのは、本当に厄介ですわ。裏の裏のまた裏をかくくらいでないと通じませんもの」って言ってましたから、多分無理ですねー。

そっかー、無理かー。まあ、殺し合いになっても困るしな！

色々ありましたけど、変わらず戦いでしか自己構築できないんですか？

今のところは。もしかしたら、もうちょっと状況が変われば別の生き方が見つかるかもだけど。そうも言ってられないしね。

ということは、居残り組……ですね。

ま、そうなるよね。でも、戦い以外に生きる術《すべ》が見つからないからってのは、副次的な理由だよ。あたしは、もっと重要な目的があって残る。まあ、彼方《かなた》の世界に未練がないってのも確かなんだけどさ。

それは——

言うまでもなく。友達が残るんだ。だったら、あたしも残るよ。弟子も……半分くらいは行くつもりらしいけど残りたいって連中もいるし。新しい明日が待つのか、昨日と同じ今日が続くのかは分からないけどさ。あたしはそれで良いって信じられるんだ。

まあ、残る友達もいれば別れる友達もいるってのがちょっと辛《つら》いけどね。

でも、あたしはこの世界を守りたい。死んじまった準精霊たちが、あたしたちに未来を託した先代の支配者《ドミニオン》たちが、そう望んでいるだろうからね。もちろん宮藤も含めてね。

宮藤さん、意外と……と言ったら失礼ですけど。慕われてたんですね。

結構、長い付き合いだったからねえ。それだけに、第七領域《ネツアク》での事件は地味に堪《こた》えたよ。白の女王《クイーン》を許せないと思ったのも、そこからかも。それまでは、多大な被害を与えているけど何だかよく分からない不気味な存在、程度だったからね。

宮藤央珂は、偉そうで実際に偉い女の子だった。彼方の世界の記憶があって、そこではちょっとした名家だったー、とか本人は言ってたよ。

世が世なら私はお姫様ですわ、とか。彼方の世界の記憶を持ちつつ、必死になって隣界をコントロールしようとしていた。

この世界に成人した存在はいない。歳も取らない。魂に刻まれた経験だけが、かろうじてあたしたちを「年齢」という概念に落とし込んでるだけ。全員子供で、一部だけが大人にならざるを得なかった。

支配者《ドミニオン》ってのは、要するに大人になった準精霊なのさ。……まあ、大人にならずに支配者《ドミニオン》になっちゃった輝俐とかもいるけど。

央珂はだから、頑張ってたんだよ。支配して、統治して、操作して、時には粛清して、この隣界がよりよい世界でありますように、と祈ってた。

……まあ、性格的に友達作れないタイプだったけどね。

あー、狂三さんとめっちゃ仲悪そう……。

ああ、時崎狂三とは絶対に気が合わないタイプだ。ただまあ、時崎狂三の方が口上手そうだしなー。多分ぐぬぬぬぬ、と唸《うな》って逃げ出すに違いない。うーん、ちゃんとした形で会わせてやりたかったよ、ホント。

という訳で、ハラカさんも居残り組なんですね？

まあね。他にも残る連中がいるだろうし、混乱させるのは可哀想《かわいそう》だ。彼方の世界からするとこの隣界はきっと間違った世界、削除すべき領域なんだろうけど……。それでも、滅びることを選択する必要はないかな、と思うんだよ。

まあ、そうですね。望んで滅びる訳じゃないですし。彼方の世界に居場所がない準精霊だって沢山いるでしょうし。

あんたもそうなんじゃないか？　緋衣響。

【篝卦ハラカの目が真意を探るようにすぅっと細まった。わたしは怯《おび》えず、真っ直《す》ぐ睨《にら》み返す。いや睨んではいないのだけど、目を合わせる勇気を保つ。居場所がないことは、とうの昔に知っている。それでも、わたしは選択する】

大丈夫です、覚悟はできています。ワンチャンワンチャンワンチャン♪

……ま、そう言うのなら止めはしないけどね。しっかり見送ってやるよ。あんたもあんたで、まあ厄介なヤツに惚《ほ》れちまったねえ。

惚れた相手が悪《ワル》だった～♪　というやつですよ。

あんたも厄介さではあまり変わらないし、丁度いいか……。

さらっと言われた気がしましたがガン無視。それでは最後に、一〇年後の自分に何かメッセージとか。

じゅ、一〇年後かぁ……。うーん、一〇年後も三人揃《そろ》って笑っていられますように、かな。何があるか分からないけれど、三人でいれば何となく平気なんだ、あたしたちはね。

■雪城真夜

【雪城真夜は第二領域《コクマー》の支配者《ドミニオン》。いつも重たそうな本を抱えた少女だ。ほっそりとした体、青みがかったショートカットヘアに赤いアンダーリムの眼鏡。どれもこれも彼女によく似合っている。彼女はわたしの顔を見ると、こてんと首を傾《かし》げた。ぐうの音も出ない感じで可愛いなこの人】

どうしたの？　何かあった？

インタビューです。一人一人。わたしの知っている準精霊《ひと》たちに可能な限り。

ふぅん。……別にいいけど。私の話なんて、面白くもないと思うよ？

それを決めるのは真夜さんじゃなくてわたしなのでー。さ、まずは自己紹介からよろしくです！

えーと……雪城真夜。身長一四一・四cm、体重三九・八kg。スリーサイズは計測したことがないので未知数。職業……職業？　は支配者《ドミニオン》。担当は第二領域《コクマー》。趣味読書、特技読書、無銘天使も本。名前は〈完全無欠書架《パーフェクト・ブックブロック》〉。開封、という宣言の下に第一から第一〇までの書物を取り出して能力を行使できる。便利。

ハラカさんと同じく、召喚系の万能型ですねー。

戦闘に特化した彼女とは違って、私はより幅広い要素に力点を置いている。ルール設計とか追跡とか隠蔽とか。直接攻撃するのは第一と第五、あとは第八くらいかな。他は全部戦闘以外の手段で場を切り抜けたりするためのもの。あ、折角だから私が開封する一〇冊の説明もしておこうか？

いえ、それはまたの機会に。なんか面倒そうですし……。

そう言われると無理矢理に教えたくなる。よし一気呵成《いっきかせい》に説明するから覚悟して欲しい。ではまず第一の書・〈光あれと彼女は告げた《ノーヴム・テスタメントゥム》〉、本の紙片を光る剣にして攻撃する。接近戦用。第二の書・〈書を抱えて世界を渡れ《ブックウォーキング》〉、書物の複数同時開封をする際に使用する……ややこしいけど、これを使わなければ私は一冊ずつしか本を使えない。第三の書・〈事象隠匿理論《キャッツ・ルール》〉、周囲の空間をカーテンで閉じる、かなりの音を立てても気付かれない。

第四の書・〈絶対正義直下《ライト・ロウ・アポストルズ》〉、ご存じルール設定の書。第五の書・〈焔屋敷殺人事件《ファイアハウス・ミステリ》〉、攻撃型の本で名前の通り炎を出してボーボー燃やす、ちなみに本に燃え移ったりはしない。第六の書・〈黄金太陽立方体《ゴールデンキューブ》〉、いわゆるリジェネレーション効果を持つ回復用途の本、敵味方識別可能。第七の書・〈乱高下明星《ホッピングスターライト》〉、使うと私がめっちゃジャンプできる、怖い。第八の書・〈栄光栄誉の超重圧《グローリー・グラビティ・グローリー》〉、標的を重力一〇〇倍にして自重で圧《お》し潰す……エグいのであまり使わない。第九の書・〈かの魂の片鱗よ《ソウルストーカー》〉、特定の標的を追跡するための本、速度が遅いのが難点。そして第一〇の書・〈かくして紙の如き神の盾を持つ《オールドペーパー・イージス》〉、いわゆる防御系の書、ペーパーの名の通り自由自在に加工できるのが割と強み、第三の書と並行使用することで野営地にすることも可能。

めっちゃ長くてめっちゃ面倒です一応メモっておきますけど！

まあそんな感じの能力。これから先も役立ってくれるだろう、と思う。この隣界で、寿命が尽きるまではそうするつもり。

当然のように居残り組ですか。

残らない理由がない。というか、正直に言おう。……彼方《かなた》の世界に行って……一から色々と構築するのは……なんか……辛い……面倒……。

思ったより即物的な理由ですね!?

仮に、例えば私が雪城真夜という行方不明の人間だったとしよう。家族がいた、とも仮定する。だが、私は家族の記憶が全くない。向こう側に行くことで思い出せるようになるかもしれないが、その家族が善人なのか悪人なのか判断がつかない。
加えて、家族だって私が死んでいたものと思っていたところに生きて帰ってきたら、色々とややこしい事態に陥るかもしれない。例えば……彼方の世界から消えた五分後に戻るなら、問題はなさそうだけど。一〇年後とか、二〇年後だったりしたら……私が当時の姿のまま帰還するのは、絶対にマズいだろうし。更に仮に私がお金持ちの家の出だったとしたら、遺産相続とかきっとややこしいことに。

うんまあ大体は分かりました! ……確かに、向こうに行くってことはこちらで培《つちか》っ

てきたものを全て捨てる、ってことですもんね。

それから、もう一つ見逃せない点がある。この無銘天使と霊装《ドレス》、私たちが準精霊であるために必要なもの。コレ、向こうで使えるのかしら。

……ど、どうです……かね……。

使える、と仮定すると……。とんでもない数の厄介な人型決戦兵器が向こう側に送り出されることになるし。使えないと仮定すると、住所も未来もアテのない少女が大量に生えてくることになる。私は、世界の悪意をそれほど舐《な》めている訳ではない。恐らく、大多数が危険な目に遭うだろう。……だから、あの二人が頼りだ。

あの二人？

もちろん、輝俐リネムと絆王院瑞葉。あの二人が彼方の世界に向かうのは、支配者《ドミニオン》で話し合った結果でもある。彼女たちは能力があろうがなかろうが関係ない、あるとっておきの資質を持っている。はい問題、それは何でしょう。

そりゃアイドルでしょ……って、ああ、なるほど。

そう。彼女たちは彼方の世界でも通じる才能を持っている。バックアップするスタッフたちもついていくから、成功する可能性はあるし……なくても、輝俐リネムのバイタリティがあれば、大抵のことは上手《うま》くいくと思う。絆王院瑞葉も冷静、謙虚で一歩引いた視点から物事を見てくれるし。それにもう二人、支配者《ドミニオン》が行くことになっている。彼女たちも頼りになるだろう。もちろん彼方の世界……現実世界は、隣界よりも数倍の悪意と詐術が罷《まか》り通っているから、不安ではあるけれど。そういう意味では、時崎狂三に後のことを託したいところだ。

狂三さんにですか？　マジで？

……自分で言っておいてなんだが、やっぱり無理があるな。天上天下唯我独尊が時崎狂三らしいし。でもまあ、少しは助けてくれるとありがたい……と伝えておいて欲しい。

いいですよ。ま、狂三さんなら何とかしてくれるでしょう！

うん。色々あったけど、こうして笑って振り返ることができるのは、とても嬉《うれ》しい。時崎狂三がいてくれて、良かったと思う。もちろん、緋衣響。あなたも。

お、おおう。いきなりデレられると心の準備が……。いえ、ありがとうございます。まあ、わたしは大したことしてませんし。わたしがいなくても、多分何とかなったと思いますし。

緋衣響。そういうのを、謙遜を通り過ぎた傲慢と呼ぶ。あなたは、時崎狂三の杖《つえ》であり、剣であり、引き留める役であり、ブースターだった。行くのだろう？

死ぬ可能性一〇割ってとこですけど。うん、まあ、ついていきます。

それは肉体がないから？

……まあ、そんな感じです。わたしの居場所は、多分向こう側にはないんですよ。かといって、狂三さんのいない世界でぼんやりしてても仕方ありませんし。だからまあ、ワンチャン狙う感じで。

諦める必要はない。肉体がない、というのであれば時崎狂三も含めて全員がそうだ。でも、魂と肉体には大きな違いがある。魂は……作れない。それらを構成する要素が不明だからだ。でも、肉体はどんな物質でできているか分かる。分かるなら、やりようがある。私たちには、その力があるから。

それは――

霊力による元素組成。肉体は所詮、どこまでいっても有り得る物質が有り得る形で構成されているもの。なら、構築することも容易なはず。という訳ではいこれ。

何ですかこれ？

肉体組成のレシピ、肉体がどういう物質で構成されているか。これを頭に叩《たた》き込んで、後は頑張るだけ。まさにこれこそがワンチャン。

……なるほど……！　希望、見えてきました！

そうだろうそうだろう。その代償として、私は医学関係のあらゆる解剖書を見るハメになって、大変メンタルに負担というかちょっと吐きそうなので寝る。

【そう言って、雪城真夜はぼんやりと疲れたような笑みを浮かべて。ぽてん、と地面に転がってしまった。渡された肉体組成のレシピを見ながら、わたしは考える。本当に、ワンチャン……あるのだろうか、と】

最後に、一〇年後の自分にメッセージをよろしくです。

一〇年も時間があるんだ。いい加減、そろそろ次の行動に取りかかるべきだぞ私。具体的には執筆。プロットだけ決めて、最初の一行も書いてないではないか。

え、何か書く予定があるんですか？

隣界転生した少女が無双する話。

一人知ってますよ、時崎狂三って人。

死ぬほどややこしい話になるから、もっと当たり障《さわ》りのない準精霊を主人公にしたいと私は思っている。

【いや、わたしは狂三さんが主人公に相応《ふさわ》しいと思いますけど！　ど！】

■銃《じゅう》ケ《が》崎《さき》烈美《れつみ》

【銃ケ崎烈美は、第八領域《ホド》の支配者代理《ドミニオン》である。そして、絆王院華羽《かれは》に心から恋をして、

恋された準精霊だった。だからだろうか、わたしは最初の一声に面食《めんく》らうことになる】

私さ、隣界から彼方の世界へ行こうと思うんだよね。

え、マジですか⁉

うん、えらくマジ。あ、でも華羽のことを忘れた訳じゃないよ。もうハッキリめっきり覚えてる。顔も全然忘れてないし忘れない内に肖像画も貰《もら》ったし。ふふん。

正直、わたしは隣界に残るのだとばかり思ってました。ここは華羽さんが身罷《みまか》った世界ですし。

逆に華羽が生きてて私が死んでたらさ。私はこう思うんだよね。「私のことなんか気にしないで、新しい世界をたくさん見て欲しい」って。私は絶対にこう言うし、華羽はなんやかんやあっても、私の言葉を受け入れてくれるって確信がある。

……華羽さんも同じことを言う、と？

言う。私の好きだった華羽だったら、絶対に引き受けてくれる。泣きながら、残酷やろとか言いながら、それでも——私がそうしたら幸福なんだって受け入れてくれる。

恋心は無敵、ですね。

そうそう。私の恋は、前向きで無敵でカッコいいの！　だから、向こうで頑張ってみる！

第八領域《ホド》の準精霊も、かなりの数が向こう側への移住を希望してるしね。

私の使命は華羽が守ろうとした子たちを守って、華羽が幸福であって欲しいと願った私を幸福にすること。そして私の幸福はきっと、冒険した先にある。

あ！

あ？

忘れてた！　私の名は銃ヶ崎烈美、第八領域《ホド》の支配者《ドミニオン》！　よろしくね！　趣味は銃をバンバン撃つこと！

今さらすぎますよ!?　いえまあ、いいですけど。どんどん言っちゃってください！

人生七転び八起き！　明日は明日の風が吹く！　変わらないのは華羽大好きってとこ！　彼方《かなた》の世界に行ったら、あの子の魅力をどうにかして伝えたいな！

一〇年後の自分に向けて、最後に何か。

一〇年後も愛してるよ、華羽！

【銃ヶ崎烈美はそれはそれは楽しそうに笑う。彼方の世界に行くことを、まるで恐れてないように。輝俐リネムといい、銃ヶ崎烈美といい、開拓者精神が旺盛すぎると思う。でもまあ、そのせいだろうか。隣界から彼方の世界へ行く、と決めた準精霊たちもそれほど恐怖に怯《おび》えていないのは、彼女たちが共に来てくれるから──かもしれない】

■シスタス

【さて、続いては時崎狂三の分身体——厳密に言うと分身体の分身体、と呼ぶべきだろうか。わたしが知っている時崎狂三さんから派生した、時崎狂三さんではなくなった少女。それがシスタスという存在だ】

それで……最後にこちらへやってきた、という訳ですわね。まあ、トリを務めることでよしといたしますか。

いや、最後は狂三さんです。とはいえ、インタビューになるかどうかは疑問ですが。

あら、そうですの。では自己紹介からですわね。わたくしの名はシスタス。時崎狂三であって、時崎狂三ではなくなったもの、と言えばよろしいでしょうか。わたくしは白の女王《クイーン》に囚《とら》われて一度力を失い、時崎狂三としての自己を粉々に打ち砕かれました。そして、響さんが知る時崎狂三に銃を向けて戦いを挑み、敗北して——こうして、蘇《よみがえ》ったのです。

死ぬ前と後で、何か違うんですか？

そうですわね、わたくしは随分と違う考えを持てるようになった、と思っていますわ。人間って、そういうものでしょう？　わたくしが知る響さんと、わたくしが知らない響さんは、別人のように違いますもの。

あー……うー……それは……確かに……。

悪い訳ではないのです。人は成長する、準精霊も成長する。肉体面にそういう変化はなくとも、精神は経験の影響を受けるのでしてよ。響さんと『わたくし』は、そういう冒険を繰り広げてきたのですから。

でも、それは必然的に時崎狂三という軸から、離れることを意味します。同じような経験、同じような行動をしていれば、その軸から離れることはありませんが――。

わたくしは、あまりに違う経験を積んできました。恐らく、時崎狂三の分身体としては間違いなく失格ですわね。そもそもこの霊装《ドレス》の色だってそうです。わたくしは黒と赤ではなく、白色と黄色が好きになった……なってしまった。

――残りますか、ここに。

ええ。残りますわ。この領域を好き勝手に旅して、好き勝手に生きてみたいのです。目的を忘れて、夢を忘れて、因縁も情念も全てを置き去りにして。わたくしは――ただ、生きてみたいのです。

響さんもご存じの通り、『わたくし』たちには使命があります。ですが、恐らくそれはもう既に果たされつつある状況ではないか、とわたくしは何となく思っているのです。ならば、分身体はもう不要でしょう。つまり――自由です。どこに行くにせよ、何をするにせよ、わたくしは自由。

わたくしの名前はシスタス。時崎狂三でなくなった、時崎狂三であった者。要するにそういうことですわね。

最後に、一〇年後の自分に向けて何か一言ありますか？

一〇年後のわたくし、あなたはこの選択を後悔することになるかもしれません。彼方の世界に、現実に、帰還すれば良かったと嘆くことになるのかもしれません。けれど、今この瞬間のわたくしにとって、この選択は必然でしたわ。あなたの後悔は、ただのないものねだりでしかないのです。そのことをどうか、常に胸に刻んでくださいまし。

【シスタスはそう言って、儚《はかな》く笑った。薄ら寂しさとか、ほんの少しの不安とか、でもそれを受けてもなお、震え立つような未来の希望。そういったものが、ぎゅうぎゅうに詰まっているような表情だった。それを見てわたしは思う。ああ、なるほど。この人はもう、時崎狂三ではないのだな、と。彼女と同じ顔をしていても、彼女と同じところを向いてはいないのだな、と。それが良いことなのか悪いことなのかは分からない。分からないけれど、シスタスはそれでいいのだろう、とわたしは思う】

○そうして、かつての親友と殺し合うのです

隣界《りんかい》が絶叫した。

そうとしか言いようのない、凄絶な戦いが開始していた。周囲の空間は歪《ゆが》み、軋《きし》み、あらゆる障害物は砕け散る。支配者《ドミニオン》を含めた準精霊たちはもちろん、緋衣響《ひごろもひびき》ですらも慌ててその場を避難して遠ざかろうとした。

渦巻く霊力の中心にいるのは、悪夢と女王。

手助けしよう、とか一斉に攻撃しよう、とか。そんな提案も戦闘前には存在したが、今はとても考えられるような状態ではなかった。

喩《たと》えるならば。それは屋内の竜巻であり、自室で撃たれた大砲だった。あまりに苛烈で、あまりに暴力的すぎて、逃げる以外の選択肢が思い浮かばない。

時崎狂三《ときさきくるみ》と、白の女王《クイーン》──山打紗和《やまうちさわ》の戦いは、そういうものだった。

「──〈刻々帝《ザフキエル》〉」

「──〈狂々帝《ルキフグス》〉」

時を支配する怪物、時崎狂三。

空間を支配する化物、白の女王《クイーン》。

二人は今、文字通り――死力を尽くして殺し合っていた。

「【一の弾《アレフ》】！」

「【天秤の弾《モズニーム》】！」

突貫した狂三を、女王は周囲の構造物《オブジェクト》と位置を入れ替えることで回避する。無防備になった狂三の側面を突いて、女王が拳銃を掃射。だが、加速した狂三の身体能力は、放たれた弾丸を回避するだけの性能を有していた。

陽炎《かげろう》のように狂三の姿がゆらぎ、女王の弾丸が虚空《こくう》に消える。この時点で、双方は把握する。

この戦いは、銃を乱射する程度で片付くようなものではない。そのような偶然の配剤で、勝負が決まったりはしない。純然たる、二人の戦術と技量を比べ合う勝負であり、将棋やチェスに近い。

ただし、それらの完全情報ゲームと決定的に異なる点が一つ。時崎狂三も山打紗和も、互いに牙を隠し持っている。

狂三は女王が扱う天文時計の魔王――〈狂々帝《ルキフグス》〉の能力全てを知る訳ではない。時間ではなく空間に何らかの影響を与えるものというひどく漠然としたものであり、正直に言って何でもありだと、狂三は内心でため息をつく。

その一方、狂三もまた女王に対して優位性を持っている。女王は分身体であったシスタスへの尋問によって、〈刻々帝《ザフキエル》〉の能力を全て熟知している——と、考えているはずだ。

だが、そうではない。第五領域《ゲブラー》、剣と魔法の幻想領域《ソード・アンド・ソーサリー》で狂三は一つの決断をして、〈刻々帝《ザフキエル》〉をねじ曲げた。

【一一の弾《ユッド・アレフ》】……その弾丸は【七の弾《ザイン》】と似て非なるもの。軍刀《サーベル》であろうが銃であろうが、あらゆる攻撃を狂三に触れた瞬間に時間停止——即《すなわ》ち、無効化してしまう。まさに比類なき絶対防御の弾丸である。

そして【一二の弾《ユッド・ベート》】。一一が絶対防御なら、一二は絶対攻撃。当たれば倒せると狂三は断言できる。問題は、霊力と時間の総量を考慮するにその弾丸を放てるのは、ただ一度だけ。そして絶対的な攻撃ではあっても絶対必中という訳ではなく、回避される可能性が存在する。

時崎狂三は想《おも》う。山打紗和《クイーン》を倒せるとすれば、【一二の弾《ユッド・ベート》】のみだろう、と。

だから、これはいかにして彼女にその弾丸を当てるかという知恵比べの殺し合いだ。

時崎狂三はそう考え、慎重に慎重を期して戦う。しかしそれは、必然的に時崎狂三に封じ手を生じさせることになる。即ち、彼女は【一一の弾《ユッド・アレフ》】を使えない。より正確に言うと、使うタイミングが極めて厳密に定められている、ということだ。

白の女王《クイーン》の戦闘経験が、時崎狂三に劣るとはとてもではないが思えない。他の支配者《ドミニオン》と死闘を繰り広げた以上、彼女が異能の力に溺れた素人《しろうと》であるはずもなく。

即ち、山打紗和の認識外である【一一の弾《ユッド・アレフ》】を撃った瞬間、【一二の弾《ユッド・ベート》】が切り札だと看破される可能性が高い。女王はそういう世界で戦ってきたはずなのだ。

それ故に、狂三の初手は慎重にならざるを得ない。【一の弾《アレフ》】を始めとする、彼女が熟知している〈刻々帝《ザフキエル》〉の弾丸で立ち向かう必要がある。

されど時間を掛ける余裕はない、とも狂三は内心で歯噛《はが》みする。何故《なぜ》ならば――。

◇

山打紗和は、【一二の弾《ユッド・ベート》】を知らない。もちろん、【一一の弾《ユッド・アレフ》】も知らない。だが、山打紗和は時崎狂三を知っている。知り尽くしている、と断言してもいいほどに。

(うーん。何か、あるんだろうなぁ)

つまり、紗和はそこまでは読み取ってしまえるのだ。とはいえ、さすがに情報が少なすぎる。切り札を持っていることは分かるが、どんな切り札までかは読み取れない。

紗和は現状を、7：3の割合で自分が有利だと感じている。まず身体能力に格差がある。

【一の弾《アレフ》】で加速した狂三と、身体強化を施さない自分の速度は、ほぼ互角だ。もちろん、狂三には【二の弾《ベート》】（鈍化）や【七の弾《ザイン》】（停止）があり、それを受ければ一転不利になるのは自分であるが。

こちらには、それを防ぐための〈狂々帝《ルキフグス》〉がある。斬撃を倍にする【巨蟹の剣《サルタン》】、弾丸ごと空間を削る【獅子の弾《アリエ》】、入れ替わりにより瞬間移動を果たす【天秤の弾《モズニーム》】。

手持ちの札《カード》は多く、有用で、なおかつ重要な点として狂三が全てを把握している訳ではない、という部分が大きい。

〝将軍《ジェネラル》〟は全ての剣、全ての弾を使用して戦った訳ではない。故に、時崎狂三は常に女王の奥の手を警戒して動かなければならなくなる。

能力を使うことで追い込むのではなく、使わないことで追い込む。それが紗和の取った対狂三への戦術であった。

互いの表情、虹彩《こうさい》に何が映っているか観測できるほどの至近距離で狂三と紗和は銃を撃ち合う。推測した弾道から己の体を外し、恐れず前に踏み込んでは互いの銃の軌道を手刀や銃身で弾いて、眼前にある死の弾丸を回避する。

それは銃器による近接戦闘であり、時崎狂三が本来不得手であるはずの距離であるが。

「【一の弾《アレフ》】、【二の弾《ベート》】、重ねて二つ……！」

「おっと……！」

自身に弾丸を撃ち込みつつ、間髪を入れず女王へと置き土産《デバフ》。回避しきれずに弾丸が掠《かす》める――瞬間、自身の振りかざした軍刀《サーベル》が異常に遅くなったことを知覚。並みの準精霊であれば、この時点で意識と動作のズレで混乱するだろうが。

「【双子の弾《テオミーム》】」

慌てず、女王は攻撃を中止して自身に銃弾を撃ち込む。双子を冠した弾丸は、白の女王《クイーン》の肉体を模倣し、更には意識をその新しい体に転移させた。

旧《ふる》い体は崩れ去り、新しい体が生存する。

「……！」

「そう驚くことはないですよ。わたしの〈狂々帝《ルキフグス》〉は空間支配。隣界が物質的な肉体が存在しない世界である以上、模倣は簡単なもの。あなただって――」

反射的に言葉が走る。この期に及んでなお、自分は彼女と会話を続けたいのだと自覚して、苦笑を浮かべる。

そう言いつつも、白の女王《クイーン》としての思考が警報を引っ切りなしに発していた。

狂三の使用する【一の弾《アレフ》】は、単純に『足が速くなる』というものではないし、

【二の弾《ベート》】も『遅くなる』というものではない。時間を加速するということは全てが速まるということであり、戦闘に重要なあらゆる能力が加速しているのだ。

銃を撃つという動作《アクション》にも銃を構えて、狙い、引き金を引くという三つの要素が存在し、その動作に必要な能力全てが加速している。腕の振り、動体視力、引き金を引く速さ、それら全てがだ。

そしてそれを踏まえてもなお、自分の有利は動かな──

──凍り付く。

狂三の〈刻々帝《ザフキエル》〉が、自分のこめかみに向いていた。そして狂三の笑み。頰《ほほ》が歪んだピエロのように、不敵でふてぶてしい笑い。

その笑いを見た紗和は瞬間、跳躍しようとした。行動としては正解だが、ほんの少しだけ紗和の選択は遅かった。

跳躍すると同時、足首に違和感。影から伸びた細くて白い腕が、不敬にも不覚にも女王の足首をしっかりと摑《つか》んでいた。

「【八の弾《ヘット》】……！」

この戦いに至り、時崎狂三は自身に課していた束縛を解いていた。それは禁断の弾丸、【八の弾《ヘット》】の解禁である。

元より、どうなるか予測がつかなかった。分身体としての時崎狂三の過去がやってくるのか、あるいは本体の過去が現れるのか。

いずれにせよこの弾丸は隣界に更なる混乱を撒《ま》き散らすのではないか。そもそも、分身体《わたくし》は【八の弾《ヘット》】を使って無事でいられる保証があるのか。

そういった懊悩《おうのう》を、苦悩を、恐怖を、全て全て時崎狂三はかなぐり捨てた。

白の女王《クイーン》を倒す。己の全てを捧《ささ》げてでも、彼女を倒す。

それは精霊だからではなく、時崎狂三としての義務であり責務。全てを捧げなければならない、という使命感ゆえに――

時崎狂三は【八の弾《ヘット》】を行使する。

「きひひひひ――――！」

分身体は即座に自身が為《な》すべきこと、戦うべき存在を理解し、狂三の思考をそのまま模倣、行動に移る。

「邪魔」

山打紗和は雑とも呼べる撃ち方で、生まれ落ちた分身体の眉間を穿《うが》った。だが、白の女王《クイーン》の能力《スペック》がどれほど優れていても、「違う標的に意識を向ける」とは、戦いにおける『隙間』以外の何物でもない。

狂三は躊躇《ためら》いなく、紗和の腹部を蹴り飛ばした。

「……！」

吹き飛ぶ、何もない平原を女王が吹き飛び転がっていく。痛みは一瞬、息の止まるような苦痛も一瞬。追撃が来る、と女王は迎撃のための弾丸を準備する——来ない。

立ち上がった女王は、瞠目《どうもく》する。目の前にいるはずの、時崎狂三を見失っていた。

「そっかぁ……覚悟、決めたんだね」

見失った、というのは正確ではない。女王の周囲を取り巻くは、時崎狂三の群れ、群れ、群れ。薄く笑いながら、紗和はゆるりと笑った。

「うん。いいね。こうして狂三さんに取り囲まれると、どうにも本気で殺し合ってるって感じがする。もちろん、わたしも本気を出すからね」

笑いも緩やかなら、口調も穏やか。なのに、そこに籠められた感情は、言葉は、全てが鋭利な刃《やいば》のようだった。

殺し合っている、と狂三は想う。

本当に今さらだが、今さらなのだけど。山打紗和と、殺し合っている。

「……参りますわ」

「どうぞどうぞ」

目も眩《くら》むような一斉射撃。死角はない、あるとすれば地面くらいのものだが紗和はモグラのように埋まるつもりはない。そも、回避をするつもりすらない。

「〈狂々帝《ルキフグス》〉――複式天弾、【獅子の弾《アリエ》】／【双子の弾《テオミーム》】」

「……！」

驚愕《きょうがく》のあまり、狂三たちが目を見開く。女王の周囲を、弾丸が竜巻のように取り巻いていた。双子《テオミーム》で模倣された獅子《アリエ》が二頭、狂三の弾丸を喰《く》らうことで、射撃の一切を無効化した。

〈狂々帝《ルキフグス》〉の能力――その複合型。

「そんな……!?」

【八の弾《ヘット》】により分身した狂三の一人が、愕然《がくぜん》としたように呟《つぶや》く。たまたま女王の傍《そば》にいた彼女を、女王は容赦なく撃ち殺した。

「では、わたしの手番ですね。狂三さん、どうか――」

にっこりと、春の日差しのような笑顔で。

「あまり楽に死なないでくださいね」

そう告げた。挑発的な台詞《せりふ》に激昂《げきこう》した狂三たちが再び銃を向ける――が、佇《たたず》んでいた女王は一瞬で狂三たちに肉薄した。

煌《きら》めく鋼の刀身――一人の狂三の心臓を貫く。たちまち雲散霧消する狂三。

「こ、の……女王……！」

狂三たちが慌てて散開しながら銃を撃つ、撃つ、間断なく撃ち続ける。女王は【獅子の弾《アリエ》】と【双子の弾《テオミーム》】を組み合わせ、自分の周囲を常にガードした。

それはさながら、間合いに踏み込んだものを喰らい尽くす猟犬の群れ。

とはいえ、数は圧倒的だ――狂三たちは冷静に、冷酷に、間合いを取りつつ射撃を続ける。【獅子の弾《アリエ》】が女王を取り巻いていても、それが完璧という訳ではない。

幾許《いくばく》かの隙間に、弾丸がねじ込まれていく。

女王は軽傷だ、とその一切を無視して時崎狂三を〝探す〟。【八の弾《ヘット》】で生み出された分身体をいくら殺しても、無意味であることくらい理解している。

重要なのは、生み出し続ける本体（厳密に言えば、彼女も分身体であるが）を仕留めること、傷を癒やすのはその後で構わないと割り切ることにする。

突き詰めた話、その時崎狂三さえ倒すことができればこの戦いは終わる。白の女王《クイーン》が勝利し、準精霊たちは敗北し、隣界は崩壊する。

探す――探す――探す――目に留める。ただ一人、焦《あせ》りを滲《にじ》ませることもなく、覚悟を決めた瞳で女王を見据える時崎狂三が、一二メートル前方に一人で佇んでいた。周囲に分身体を配置し、目立たないように。

「見・い・つ・け・た♪」

声は軽やかに。白の女王《クイーン》は突貫する。【獅子の弾《アリエ》】が消えて、一斉掃射が女王の肉体に直撃する。だが、怯《ひる》むことも苦痛に止まることもなく――そもそも苦痛などとうに吹き飛んでいる――女王は時崎狂三の元へと辿《たど》り着く。

「……!」

銃を構える狂三と、軍刀《サーベル》を振りかざす女王。

女王の刺突の速度が、わずかに狂三を上回った。至近距離で鳴り響く銃声――女王の体に痛みはない。

仕留めた、と確信するに足る一撃。次いで、女王は自身のミスに愕然とした。

貫かれた狂三は、古式銃を捨てて軍刀《サーベル》をしっかりと握り締める。手放すべきだったそれを反射的に引き抜こうとする。

「外れですわ、紗和さん」

声は側面から。いつのまにか接近していた時崎狂三が、女王のこめかみに〈刻々帝《ザフキエル》〉を突きつけていた。

消える。紗和が突き刺した時崎狂三が、笑いながら消えていく。間違いなく【八の弾《ヘット》】で生み出された分身体。

「あなたなら、その『わたくし』を探し出すと確信していました。紗和さんなら、きっと——この戦場でも、『わたくし』を見つけると」

ああ、なるほど。常識的な話ではあるが。山打紗和が考えたことは、時崎狂三だって考える。ならば当然、それを防ぐための戦術も構築できる。

木を隠すなら森の中。

木の葉が茶色でも緑色でもなく見るだけで識別できる毒々しい色ならば、どうするか？

回答：同じく毒々しい色の葉を用意して、これ見よがしに目立たせるといい——。

そんなことを、女王はぼんやりと考える。回避も防御も間に合わないことは明瞭で。

そして時崎狂三は躊躇うほど、慈愛に満ち溢《あふ》れてはいないのだ。

撃った。

脳天に向かって、迷うことなく〈刻々帝《ザフキエル》〉を撃ち放った。更に追撃を加えるべく、分身体たちと共に銃を構え——。

鳴動する地面に気付いた。

「これ、は……!?」

「ふふ、残念。間に合っていなかったんですよ、あなたたちは」

脳天を撃ち抜かれた少女が、血を吐きながら口を開く。女王の背後に、煌々《こうこう》たる輝きと共に巨大な扉が顕現していた。これまでと形状は同じだが、風格があまりに違いすぎる。

領域と領域を繋《つな》ぐ門《ゲート》。女王の背後にあるのは、まさしくそれだった。狂三の目的地であり、目標としていたもの。

「第一領域《ケテル》の……門《ゲート》……!」

おまけに、何とも最悪なことに。門《ゲート》は開いている。

「仕切り直しだね、狂三さん。ふふ、さあ……殺し合い《デート》を、続けよう?」

こめかみに銃弾を撃ち込まれてなお、山打紗和は笑って後方へと飛び退《の》いた。

「待っ……!」

女王の姿が消えた。同時に、扉が徐々に閉じていく。

「時崎狂三!」

遠方から声。振り返れば、雪城真夜《ゆきしろまや》が焦った様子で叫んでいた。

「急いで！　早く！」

その言葉に、狂三は迷うことなく第一領域《ケテル》への門《ゲート》へその身を投じる。当然、生き残っていた分身体も次々と門《ゲート》を潜《くぐ》り抜けていく。

「わ、わたしも行きま──す！　お先にどうぞ！」

聞き慣れた声が、遥《はる》か彼方《かなた》から届いた。くすりと狂三は笑い、恐れるものは何もないと己を鼓舞する。

時崎狂三……狂三さんは、第一領域《ケテル》への門《ゲート》に入った。何が待ち受けていても、必ず勝つという決意を漲らせながら。

そしてもう一人。緋衣響にとって、ここで退くという選択肢はない。

「緋衣響、あなたも行くべき。ハラカ！」

「あいよ！　悪いがちょっと乱暴なやり方で飛ばさせてもらうよ！」

「どんとこい、です！　……乱暴？　飛ぶ？」

ノリ良く応じた響だが、首根っこを摑《つか》まれるとぱんぱんぱんと札を貼られた。その行為が意味することを知り、青ざめる。

「あの、すみません。わたしの背中に貼ったのは──」

「ジェット噴射の霊符。音速でカッ飛んで門《ゲート》に入りな！」

「ああああああやっぱりそうですよねぇぇぇぇぇ！」

放り投げられた響は、霊符から迸《ほとばし》るジェット燃料の噴射によって超加速、閉じかけてかあまりに速すぎて目を閉じていた響には分からなかった。
なお、あと一秒遅ければ門《ゲート》に激突して大変なことになっていたであろうとは、幸か不幸
いた門《ゲート》に向けて、強引に突っ込んだ。

◇

第一領域《ケテル》。誰もがその存在を知っていても、誰もがそこを訪れることができなかった、
至高にして不可侵領域。

支配者《ドミニオン》がいるのかどうかはおろか、どんな場所かすらも定《さだ》かではなかった謎に満ち満ちた場所。

そこに降り立った時崎狂三と、彼女の分身体たちは困惑した様子で顔を見合わせた。

「『わたくし』たち──覚えていまして？」

「ええ、もちろん……」「覚えていますわ」「忘れるはずありませんもの」「ここは──」

時崎狂三が山打紗和と共に過ごした、杏桜《きょうおう》女学院の校舎だった。

黄昏《たそがれ》色の夕焼け空がどこどこまでも広がり、耳を澄ませば──生徒たちの、ざわめきすら聞こえる気がする。既に領域と領域を接続する門《ゲート》も消えており、狂三は時間を越えて彼方の世界に戻ったような感覚に陥っていた。

「まさかここは……『わたくし』たちは……現実に……過去に……戻った……？」

一人の分身体が不安そうに呟いたが、狂三はすぐにその推理を否定した。

「いえ……違いますわね。ここは、やはりそう作られただけですわ」

狂三はこの隣界を創造した者が、もしかして時崎狂三か山打紗和の関係者ではないか、と思ったが、すぐに有り得ないと否定した。

むしろ逆だ。山打紗和が来たから、第一領域《ケテル》はこう変貌したのだろう。

「やはり、元々は何もない領域だったのでしょう。紗和さんと……それから、わたくしたちがやってきたことで、領域は支配されたと見るのが妥当ですわね」

山打紗和と、時崎狂三。

二人が友情を育み、穏やかな日差しの中で語り合うことが許された聖域。

青春を味わい、青春を感じ、青春を抱《いだ》いて共に歩んだ場所だ。

──覚えている。

時崎狂三としての過去が、彼女と手を振って別れる風景を覚えている。

けれど、狂三の胸に去来するのは喩《たと》えようもなく大きな虚《むな》しさだけだ。狂三の意識は、既に『殺し合い』に切り替わっている。とは言え、この風景はやはりどうにも郷愁を掻《か》き立てて仕方がない。

「狂三さん！」

そして、そこに容赦なく割り込んでくる弾んだ声がした。

「あら、あら、まあ」

「いやー、何とかギリギリで潜り込めました！　一応、他の支配者《ドミニオン》の方々も追っつけ駆けつけてくるそうですが。閉じた門《ゲート》を開くのに時間掛かりそうですよ」

「ま、援軍の期待はしていませんでしたわ。運命的にも、宿命的にも」

「……わたし、来るの迷惑でしたかね？」

「ええ、とても」

ニッコリ笑って答えた狂三に、響が肩を落とす。

「へーこーむー」

そう言ってからにへらと笑う。これだ、これこそ時崎狂三だ、と響は思う。

「まあ、野暮なことはしませんよ。親友だったんでしょう？」

「ええ。何があっても、何が起きても、一生を共にできると信じられるくらいの親友でしたわ」

「――――」

「という訳で、必ず殺さなくてはいけませんわ。かつて友人だった人間として、それは絶

対の責務ですわね」

悲しい誓いを、狂三はさらりとした様子で告げた。響はしょうがないなぁ、と苦笑しつつ、狂三に殴られることを覚悟の上でそうすることにした。

「がんばってきてください、狂三さん。……ここで祈ってますから」

狂三をしっかりと抱き締めて、それこそ親友のように囁《ささや》いた。

狂三は全く不覚極まりないのだが、情景と夕焼けと言葉があまりに温かすぎて。本当に不覚にも、少しだけ泣きそうになった。

──響の感情が温かかった。彼女が離れることが辛《つら》かった。けれど、手は勝手に響の肩を摑んでゆっくりと引き剝がし、足は学園校舎へと向いて行く。その前に、ひとまず響にデコピンはしておいたが。

「では、行きますわよ。『わたくし』たち」

その言葉と共に、時崎狂三たちは走り出す。

目標：白の女王《クイーン》──山打紗和の打倒。隣界を滅ぼす彼女をあらゆる手段を用いて停止せよ。そのためならば、一切の躊躇《ちゅうちょ》を捨てよ。かつての親友、かつて自分が殺した相手をもう一度、殺すことになったとしても。

あるいは、自分が滅ぶ結末に至ったとしても。

◇

山打紗和は隣界を滅ぼすことを決意した。

そも、この隣界は何のためにあるのか？　何のために生まれ、何のためにこうして存在し続けているのか。

山打紗和はそこまで理解していない。ただ、確実に言えることは一つ。この隣界は宇宙のように自然発生したものではなく、人工の世界であること。

そして人類の役に立つものではなく、人類を滅ぼすものでもない。

それだけ理解できていれば、充分だった。むしろ、そこまでを自身の理解限界値《リミッター》とすることで、この世界を作った何者かに察知されることを恐れたのかもしれないが。

とはいえ、それはこの世界とは別の話。

山打紗和は理解している。準精霊たちの間で流された様々な噂《うわさ》、考察、論説の中で一番合致しているのが、『死後の世界』というものだ。

死後の世界、と簡単に言うがそのイメージは各国によって様々だ。地獄、冥界、天国、ヴァルハラ、その他諸々《もろもろ》。

けれど、どんな国のどんな宗教観にもほぼ共通する点が一つある。死後の世界とは、肉体を捨て去った魂のみの世界である、ということ。肉体が復活するにしても、それはいずれの話であり——最低でも一度は肉体を捨て去らなければならない。

この隣界は、膨大な霊力と膨大な少女の魂で繋ぎ合わされた世界だ。膨大な霊力——全ての不可能を可能にする、太陽どころか銀河系に匹敵するエネルギー量であれば。

特定の時間と特定の座標を入力し、そこに向けてそのエネルギーを放てば。

時間は巻き戻り、未来は変えられる。山打紗和が死ぬこともなく、時崎狂三の友人であり続ける過去に変わるはずだ。

……残念なことに、自分が誰に精霊もどきへと変えられたのかは分からない。せめて、それがどこの誰なのかが分かれば、この隣界のエネルギーで消滅させることで、過去を改変できたかもしれないが。

そこまで、山打紗和は隣界を踏み荒らしながら考えて行動していた。だが、ここで一つの問題が生じてしまう。

隣界に蠢《うごめ》くこの膨大な霊力を一つに束ねる手段である。何しろ、この隣界は魂だけとはいえ、心を持つ少女たちが無数にいて、彼女たちはてんでバラバラにその霊力を使い、あるいは消えていくのだ。

第三領域《ビナー》を攻め落として支配者《ドミニオン》になり、詳しい準精霊から情報を仕入れてみたが、霊力を束ねる方法がどうにも見つからない。

だが、支配者《ドミニオン》になった紗和に一つの情報が舞い込んだ。

——隣界に時折紛れ込む、一人の少年の話。

その眼差《まなざ》しが、その言葉が自分ではない誰かに手向けられたものだと知りつつも、心を奪われてしまう恋の神話。

記憶を垣間見《かいまみ》るだけでそうなのだ。もし、実物が出現したらどうなるだろう。

既に山打紗和は、少年の記憶に心を奪われた準精霊にそのもしもの世界を試している。

狂喜乱舞した少女は少年の言葉に従い、彼女を隣界に留《とど》めていた霊力を事もなげに空《エンプティ》っぽになるまで捧《ささ》げた。

〈狂々帝《ルキフグス》〉の能力である【双子の弾《テオミーム》】と【蠍の弾《アクラヴ》】を利用し、準精霊の記憶にあった少年を模倣しただけでそう成り果てたのだ。

「呆《あき》れたものだ。くだらない恋心がそれほど大事なのか」

蔑むようにため息をつく〝将軍《ジェネラル》〟、そういうものでしょう、と納得する〝令嬢《レディ》〟。そして、全く理解できない〝女王《さわ》〟がそこにいた。

ともあれ、その能力は存分に活《い》かされた。具体的には、支配者《ドミニオン》を零落させるために、一役買った。【乙女の剣《ベトゥラー》】――少女たちを、恋に落とす刃《やいば》。

「恋とはどんなものかしら――」

紗和はモーツァルトの「フィガロの結婚」の一節を、ふと口ずさんだ。

知らなかった。恋とはどんな感情なのか、どういうものなのかを知らずに生きてきた。

いや、死んでいたと呼ぶべきか。家族に会えない寂しさと、恋を成就《じょうじゅ》できない悔しさとでは、どちらが上なのだろう。紗和には、もうそれがよく分からなかった。

時崎狂三は、あの時崎狂三は恋を選ぶのだろうと紗和は思う。

恋に狂い生きて、恋に狂い死ぬような彼女は、間違いなくそれを選ぶのだろう。

「悔しいなぁ」

そんな感情がまろび出る。自分の知らない時崎狂三、自分の知らない見知らぬ少年、何もかもが腹立たしい。腹立たしいが、もう止まるつもりはない。

滅べ、滅べ、滅べ。

歌え、歌え、歌え。

死ね、死ね、死ね。

元より、我が身は時崎狂三より反転した存在。ならば、恋を憎むことが我が目的である。

「──お祈りは済みまして？」

恋を愛する者の言葉が、恋を憎む紗和の背中に届いた。

◇

懐《なつ》かしい校舎をのんびり見て回る余裕はない。だが、それでも狂三の胸を掻き毟《むし》るような、あるいは柔らかな慕情に包まれるような感覚は否定できなかった。

山打紗和と共に歩いた廊下、学び語り合った教室、化学実験室に体育館、グラウンドに屋上、どれもこれもノスタルジーに満ちている。

けれど、そのどこにも紗和はいない。

なら、答えは一つだった。因縁の終着点、互いに背を向き合った者たちが集う場所、罪を背負い、罰を求め、あるいは許しを得ようとする人々の救いの場。

敷地《しきち》内にある特異な建築物──小聖堂、と呼ばれたそれは、この学園特有の場所だった。一月《ひとつき》に一度の説法と、クリスマスくらいにしか使用されない聖堂だが、生徒たちにとっては、神聖というよりはどこか秘密めいた厳粛な雰囲気に酔うための場所だった。

放課後にここで語らう少女たちがいて、愛を告白する者もいた。永遠の友情を（あるいは愛を）誓うために結婚式まがいのことをする者までいたほどだ。

紗和と狂三も、ここで（不届きにも）遊んだものだ。祈りを捧げて遊び、告解して遊び、説法の真似事《まねごと》をして遊び、やっていないとすれば結婚式の真似事くらいだろう。

「そう言えば」

どうしてか、結婚式の真似事だけは恥ずかしくてやれなかったな……。

そんな、どうでもいい疑問が頭に過《よぎ》る。過りながら、重たい両扉を開く。祭壇前に座り、目を閉じて手を組み、祈りを捧げる真っ白な少女がそこにいた。

山打紗和だった。時崎狂三だった。反転体だった。白の女王《クィーン》だった。

そして、それらを混ぜ合わされて形成された、純白の――誰でもない誰かだった。

「お祈りは済みまして？」

「うん」

立ち上がる女王の目に、微《かす》かな憎悪《ぞうお》――すぐに掻《か》き消えて、後には諦観のような、あるいは余裕のような笑みが表面に浮かび上がった。

「こんなところが第一領域《ケテル》だって。不思議だね」

「最初にここを訪れたあなたが、支配者《ドミニオン》となったのですもの。不思議ではないですわね」

「そうかな。この学校、あまり良い思い出がないんだけど」

「……あなたにとっては、そうかもしれませんわね」

「お互いに、でしょう？　卒業式だって、できなかったもの」

ああ――それは、それは確かにその通りだけど。

「ここにあるのは平穏の欠片《かけら》、陽だまりの残滓《ざんし》、思い出したくても思い出せない、そもそも思い出すことすら思い出せない、そういうものばかりだよ」

それはそうかもしれない、と狂三は頷《うなず》く。

他愛もない日常を、他愛もない世間話を思い出すのは、とてもとても難しい。

「それでも。わたくしは、それを慈《いつく》しみたいと思いますわ」

そう言って、自分の台詞《せりふ》のチグハグさに苦笑する。その笑みに、紗和もつられて笑う。

「今から殺し合うのに、慈しみたいのかな？」

「そう仰《おっしゃ》らないでくださいまし。自分でも言っていて、たまらなく――悲しいと、そう思いましてよ」

「その悲しさも喜びも。全てここへ置き去りにしようか。何もかも不要だから」

距離は一〇メートル以内。かつてのように、二人は互いの武器《じゅう》を突きつける。

空気が挽《ひ》き潰されるような圧迫感。脳裏に過る、どうしようもない死の予感。

時崎狂三は／山打紗和は、かくして最後の殺し合いを開始した。

動作速度が音速なら思考速度は光速、そして弾丸の速度は神速を以《もっ》て互いの体を抉《えぐ》り、生命を奪う。

狂三が滑らかに、己のこめかみへ向けて引き金を引く。同時に跳躍、壁にゴムボールのように激突したかと思うと、一瞬で女王の側面へと肉薄した。

「──っ！」

それを軍刀《サーベル》で受け止めた紗和は、腕を交差させて狂三の眉間に銃を突きつける。しゃがむ──回避。頭上で響く轟音《ごうおん》、一秒遅ければ致命傷。

狂三の背筋に、歓喜とも恐怖ともつかない何かが電流のように走り抜ける。しゃがんだ狂三は、両脚を大きくはしたなくも開いたまま、天に向けて〈刻々帝《ザフキエル》〉の長銃を構えた。

「【双子の弾《テオミーム》】」

撃つ。

下顎骨《かがくこつ》から脳天までが吹き飛んだ。だが、その肉体に魂はない。

驚愕《きょうがく》ではなく、覚悟を以てその状況を認識する。自分が破壊したのは、ただの抜け殻だ。

軍刀《サーベル》が狂三の体を突き、続いて精密機械の部品のような短銃が狂三の肩を貫いた。

「【四の弾《ダレット》】」

重傷だと踏んだ狂三は、間合いを取ると即座に態勢を立て直した。白の女王《クイーン》は一気呵成《いっきかせい》に押し込もうとせずに、様子見の選択肢を採った。

——何かある。

それだけは分かっている。何か切り札がある、と見《けん》を取った。それが何かを把握するまでは——あるいは、その切り札でさえも自分の優位性を覆《くつがえ》さないと把握できたなら。

紗和は狂三を殺す、という選択肢を選ぶつもりだった。

——ああ、楽しい。

こんなもの、愛の交歓に等しいと紗和は思う。相手のことを全力で考え、殺意を育み、全身全霊で殺し合う。こんなモノ、愛情以外の何だと言うのだろう。

そう思ったのは紗和かもしれないし、狂三かもしれない。思考は暴走に次ぐ暴走を重ね、相手の動きを読み取る行為が、相手そのものになりきるような状態にまで陥っている。

どろどろに溶けた一つの生命体——狂三は紗和で、紗和は狂三だった。

とはいえ、これは戦争であり殺し合いであり優劣を競うための賭博《ギャンブル》。

「【八の弾《ヘット》】」「【乙女の剣《ベトゥラー》】」

黒の分身と白の幻影が、綾《あや》模様のように入り交じった。だが、小聖堂の扉から続々と時崎狂三の増援が駆けつけてくるに至り、黒がその場を支配しつつあった。

そしてそれを見ながら、白の女王《クイーン》は静かに笑って告げた。

「【乙女の剣《ベトゥラー》】」

「また……！　下らないですわよ！」

狂三がそう言って、目の前の幻影を打ち倒そうとした瞬間。

——時崎、狂三？

声が、した。

この世界で聞こえるはずのない、声変わりをした低音の声。

そんなことは、問題ではない。問題は、その声が、声が、あまりにも、あまりにも心に響いて、心の中にある鐘という鐘を鳴らし始めて。

今のは彼の声だということと、女王によってもたらされた幻影だということを同時に理解して――それでも、狂三は紗和の一撃を無様に喰《く》らった。

「か、はっ……！」

吹き飛ぶ。吹き飛びながら、今しがたの幻影を反芻《はんすう》する。反芻してそれがもたらした結果を思考というよりは本能で嫌悪《けんお》。嫌悪というよりは激怒。

即《すなわ》ち。

時崎狂三は、ブチ切れた。

「女王《クイ》――――――――――――ン!!」

壁に叩《たた》きつけられると同時に腕を振り上げて速射。合わせて分身体も一斉に射撃。そして怒りに任せたその射撃を、紗和は三次元的な動きで回避した。空中に飛ぶと同時、空気を蹴って角度を変え、弾丸の悉《ことごと》くを無に還《かえ》す。

弾むボール、あるいは跳弾、いずれにせよ人外の速度で紗和は空を飛ぶ。

小聖堂がその衝撃に耐え切れずに崩壊する。屋根が吹き飛び、祭壇は打ち砕かれ、信者が祈りを捧《ささ》げるべき象徴《シンボル》は無惨《むざん》な遺骸に成り果てた。

逃げる紗和、追う狂三たち。

校舎の壁に着地した紗和は、そのまま壁を駆け抜ける。疾走する彼女に追いすがる弾丸の雨、雨、雨。窓ガラスが吹き飛び、純白の壁は焼け爛《ただ》れていく。

「【三の弾《ギメル》】！」

未来観測狙撃。紗和が踏み込む壁を、一足先に『老化』させる。ただ壊すだけの弾丸とは異なり、紗和は気付くことなくその罠《わな》に踏み込んだ。

「――ッ!?」

踏みしめた壁は、泥のように溶けた。当然、軽やかだった壁走りはそこで止まる。

「一斉射撃」

狂三の言葉に応じるように、【八の弾《ヘット》】で鋳造《つく》られた分身体たちが、紗和に弾丸を集中させた。

当たる、当たる、当たり続ける。悲鳴を上げることもできずに、紗和は校舎の中へと吹き飛ばされる。確信に満ちた感触――幻影でも抜け殻でもなく、確かに本物に直撃したはずだ。

しかし、ならば。この、嫌な感覚はなんなのか。

「……行きますわよ、『わたくし』たち！」

それを振り払うように首を振って、狂三たちは校舎へと乗り込んだ。乗り込む前に、狂三はちらりと背後を振り返って、数をカウントした。

【八の弾《ヘット》】によって作成された分身体は三〇を越えている。五〇作成したはずだから、二

○体の分身体が露と消えたらしい。
補充するべきか、という内心の提案を即時却下。予想通りといえば予想通りだが、時崎狂三もまた、分身体《じぶん》の一人に過ぎない。たまたま、〈刻々帝《ザフキエル》〉を行使できるようになっただけの、元影法師なのだ。

つまり本体と異なり、【八の弾《ヘット》】による分身体の作成がひどく重荷だ。喩《たと》えるなら、我が身を削って材料を作り出しているようなもの。膨大な時間、膨大な霊力、何よりも——膨大な自分自身。

それを削って、分身体を作り出すのは狂三にとって苦行以外の何物でもなかった。

時崎狂三という本体が、【八の弾《ヘット》】を苦痛に感じている様子はない。それは、本体と分身体とで能力の格差があるのか。あるいは——。

あるいは本体の精神構造が元より自分からかけ離れているか、だろう。

乗り込むと、まるで映画のようにシーンが切り替わった。夕暮れ時から闇夜の路地へ。

ぞわりと、全身に悪寒《おかん》が走ったのは危機感からではなく過去の絶望から。

瞬間、油断というよりは隙間が構築された。精神の隙間にするりと入り込んだ少女は、一切の咎《とが》めを受けることなく、標的である時崎狂三に肉薄する。

幸運しか、今の狂三に味方はおらず。そしてその幸運だけが、彼女の攻撃を防いだ。

本当に、狂三は我知らず。……敵がいるというのに、一歩後退してしまっていた。

その一歩が生死を分けた。

突貫する白の女王《クイーン》に、狂三は反応できずに斬り裂かれる。

されど、臆病というよりは己の罪に向き合わされたことが、彼女の命を救う。

一撃必殺の斬撃は、深手を負わせるに留まった。

「――――ッ！」

「チ、ィ……！」

「『わたくし』たち！」

分身体の一人が叫び、倒れ込む狂三を他所《よそ》に一斉掃射。女王はその身に弾丸を受けつつ後退。その隙に、一人の分身体が狂三を抱えて離脱した。三〇体の分身体は二〇と一〇に分かれて、二〇が女王を追っていく。

一〇は狂三を守りながら、路地から離れて近くの民家に避難した。

人も家具もないが、身を隠すだけならそれでも事足りると分身体たちは判断する。

「大丈夫ですか、『わたくし』……!?」

「あ――――」

閉じられていた瞼《まぶた》が開かれる。生きていることが確定して、分身体たちは安堵《あんど》した。

狂三は何かを求めるように、ゆるりと手を伸ばす。

「ひび……き……さん……？」

「……残念ですが、わたくしたちは響さんではありませんわよ」

「──そう、ですわね」

すっ、と肺が冷えるような感覚。狂三は立ち上がり、【四の弾《ダレット》】を撃ち込んで遡行《そこう》して傷を癒やす。

「別行動を取りましょう。『わたくし』たち。わたくしは単独で紗和さんを追い、あなたたちは、わたくしを中心に囲むように。わたくしが女王と接敵したならば迷うことはありません。わたくし諸共《もろとも》、徹底的に制圧射撃です」

「それ……本当によろしいんですの？」

分身体の一人が問い掛ける。言うまでもないが、制圧射撃とは対象となったものを逃さないために弾雨を浴びせる戦術であり、女王と接敵する狂三にもその被害は及ぶことになる。

「わたくしは【四の弾《ダレット》】でも撃ちながら持ち堪《こた》えますわ。そもそも、彼女が飛び回って逃げるのが、苦戦の理由の一つ。諸共に撃ち落とされるくらいのイカレ具合を見せつけてやりませんとね」

そう言って狂三は、不敵に笑った。

◇

二〇人という人数は、確かに圧倒的なことに違いはない。だが、分身体たちは〈刻々帝《ザフキエル》〉の能力を扱えず、白の女王《クイーン》は〈狂々帝《ルキフグス》〉を行使する。

その時点で戦力差は圧倒的であり、分身体たちもそのことを承知の上で時間稼ぎに徹していた。人数差によって質に対抗する。

「下策だけど有用ではあるんですよね、こういうの」

紗和はそう呟《つぶや》いてはぁ、と嘆息する。

憎く愛《いと》しい時崎狂三を、分身体とはいえ殺し続けている。

それはある意味で爽快感がある出来事だとも言えるし、泣きたくなるほど悲しい出来事だとも思える。

……これまでの戦いで、山打紗和は極めて強く感情を抑制していた。

戦うことは嫌いだけど好きだったし。

愛することは好きだったけど嫌いだったし。

馴《な》れ合うことは好きでも嫌いでもなかったし。

でも、全ては時崎狂三への復讐《ふくしゅう》――復讐？　復讐――そう思い込まなければ、やってられなかった――いや、これは望んでやっていることだ――。

「……痛……………えっ」

頭痛。頭痛という現象に、紗和は身震いする。今の今まで、思考するだけで頭痛が起きるなど、有り得なかったのに。

またもや弾雨が襲いかかる。感情が苛立《いらだ》ちへと変化。

「邪魔……！」

分身体の狂三たちに、その苛立ちをぶつけた。〈狂々帝《ルキフグス》〉・【獅子の弾《アリエ》】によって二体の狂三が消失。

削り取られた狂三たちは、どこか諦観のような笑みを浮かべながら消失する。

ますます、苛立ちが、激しくなる。

後悔して欲しかった、絶望して欲しかった、悪意を浮かべて欲しかった。自分のように。

なのに彼女はいつまで経《た》っても、殺意と使命感以外の何かを向けてこようとはしない。

……もしかしたら、狂三は向けているつもりなのかもしれない。

自分を憎むべき怨敵、倒すべき宿敵だと。

でも、感じ取れない。まるで感じ取れない。自分に向けられているのは、どこかあまりにも居心地の悪い、憐憫《れんびん》だけだ。

憐憫。

苛立ちが波濤《はとう》のように押し寄せて、憎しみで溺れてしまいそうな気分。

殺されて可哀想だ、とでも思っているのだろうか。殺してしまった自分こそが可哀想だとも思っているのだろうか。

もしそうだったとすれば。

もしそうであるならば。

「ああ――」

わたしのこの、どうしようもなく濁った感情は誰にぶつけるべきなのか。

誰に。

「……うん、いたよね」

時崎狂三の親友。彼女のパートナーとなり、この長い長い旅路へ最後までついてきた、何の背景も過去も因縁もない、無垢《むく》な少女。

緋衣響。

彼女こそが、滅ぼすに値する敵である、と山打紗和は認識した。そして、頭痛。

「……痛……」

その頭痛こそが、山打紗和と白の女王《クイーン》を別つ、どうしようもない齟齬《そご》だと言わざるを得ない。白の女王《クイーン》であろうとする紗和には、どうしても至れない感情の点だった。

幽鬼の如《ごと》き表情で、支配者《ドミニオン》である紗和は霊力探査を実行。

その矮小《わいしょう》な、か弱い霊力を執拗《しつよう》に追跡する。ああ、なるほどと紗和は思う。

〝将軍《ジェネラル》〟がどうして、彼女を捕縛したのかを理解する。彼女の霊力をしっかりと記憶して、追跡可能にするためだったのだ。

「まあ、それなら。あの時殺しておけばよかったんですけど」

嘆息する。自分の甘さ、自分の傲慢さが仇《あだ》となったと気を引き締める。ただの小蝿《こばえ》だと思っていた彼女が、時崎狂三最大の急所だった。

さて、と。

どうやら見つけることができたらしい。では殺しに行こう。速やかに、躊躇《ちゅうちょ》なく、容赦なく。これ以上ないほど無造作に。

◇

「あ、やべー」

開口一番、緋衣響は自身に迫る極めて絶対的な危機を感知した。

そもそも響は、その手の気配には敏感である。特に女王のものとなれば尚更《なおさら》だ。何しろ一度捕まって、洗脳されかけている。恐らくその時に、山打紗和という少女も自分の気配というか、霊力の波長みたいなものを記憶していたのだろう。

自分のような小蝿……いやもうちょっと可愛《かわい》らしく、小鳥のようなか弱い霊力を。

「まあ、構わないですけど」

ふふふのふ、と響は笑う。実のところ、予想していたことだ。当たり前だ。緋衣響が、時崎狂三の急所になるなど、誰より本人がよく理解している。

だから、第一領域《ケテル》へ来なければ良かった。第二領域《コクマー》で、狂三の凱旋《がいせん》を待てば良かったのかもしれない。

一方で、響は自分がキーパーソンであることを自覚している。

時崎狂三と山打紗和（白の女王《クイーン》）の能力を冷徹に比較した場合、間違いなく山打紗和の方が上回っている。それは狂三も（渋々ながら）認めるところだった。

その上で、紗和は今から狂三の急所である響を殺そうとしている。狂三がそのことを感知すれば、狂三は響を守りながら戦わなくてはいけない。

分身体がいたとしても戦力は分散し、戦いは女王有利で動かない。

——ただし、それは。

緋衣響が弱者であり続けるならば、の話だが。

「さて、それじゃあ……死にますか！」

明るくそう言って、響は眼《め》を閉じて周囲に溢《あふ》れる霊力を知覚する。ごくり、と唾を飲んで、その恐ろしい可能性に正面から向き合う。

そして。そのすぐ後に。

ぐしゃり、と骨が砕ける音がした。

◇

緋衣響が隠れていたのは、広がる街並みの一角にある小さな、味も素っ気もないアパートだった。屋根ごとめくって引き上げる方法もできたが、狂三に見咎《みとが》められそうなので大人しくドアを開けようとする。

緋衣響とて、さすがにここまで来れば気配に気付いているはずだ。といって外に逃げれば殺されることも、引き籠もっていても殺されることも分かっているだろう。

典型的な、どちらに進んでもバッドエンドで行き止まり。

だから彼女は死を前に怯《おび》えているか、覚悟を決めたか、あるいは（救いの手が来ることを）祈っているか、そのいずれかだろうと考えていた。

全て外れだ。

怯えもなく、死の覚悟もなく、祈ることもなく。

緋衣響は、ごくごく自然に二階のドアを開けて外へと出た。アパートに到着したばかりの紗和は、響を見て瞠目《どうもく》する。

「…………ッ」

山打紗和は久しくなかった激情に翻弄された。

それは激怒であり、驚愕《きょうがく》であった。緋衣響の姿は、見事に変わり果てていた。

「どうしました、女王さん。まさか、こ、こ、こうなるとは見抜けませんでしたか」

透き通る声。声も変化している気がする。

歯が砕けそうなくらい、強く噛《か》み締めた。

そう、緋衣響の姿は既に変化している。あの、女王の力を掠《かす》め取った時のように。

「……あなたの無銘天使〈王位簒奪《キングキリング》〉は既に破壊されたはずですが」

「もちろんそうですけど。でも、わたしってばアレを使って何度も何度も危機的状況を乗り越えたり、あまつさえアレを使って時崎狂三という精霊に成り代わったりもしたんですよ。肌触りというか使うときの感覚は覚えてます」

「そんな無茶苦茶な。ハンドルなしのF1カーでヘアピンカーブをクリアするようなものですよ」

「腕を一本切り取って、ハンドルのあったところに突き刺せば万事解決です」

「──ああ、なるほど。結構必死、だったんですね」

その言葉に、女王に似たような姿になった緋衣響は「そのとーり、です！」と叫んで、胸を張った。

無銘天使〈王位簒奪《キングキリング》〉によって、緋衣響は他人に成り代わることができる。あまつさえ、その能力を一部行使することも可能だった。

まさに王を殺す奴隷のような、ピーキー極まる危険兵器。

そして破壊されてもなお、その残滓《ざんし》は緋衣響に留まり続けていた。第二領域《コクマー》から第一領域《ケテル》に移動する寸前に、響はそのことに気付いたのだ。

緋衣響の姿は、白と黒。不完全にして完璧な内的世界を有する姿となっている。

要するに、時崎狂三と山打紗和。悪夢《ナイトメア》と白の女王《クイーン》から、それぞれ半分ずつ簒奪《いただいた》した
──という訳である。

「ご感想をお伺いしたいのですが」

「ふふ。感想……ですか」

響の質問に、紗和の殺意が溢れている。響は自分の、あまりに突飛かつ最悪な思いつき

が成功したということに、内心でガッツポーズだった。

……言うまでもないが、緋衣響の変身はリスクが高い。喩《たと》えば変装、整形、そういうものであれば、現実世界と同様に隣界とて難しくはない。いや、霊力でどうにでもなる隣界の方がより簡単であろう。

だが、変身——変貌、そう呼ばれる現象であれば、隣界でも極めて難しい。

これはイメージの問題だ。何者か分からない誰かに変装する、あるいはよりよい顔になるように整形する。その程度ならば、ちょっと器用な準精霊であれば他人にも自分にも、その力を行使できるだろう。

響のように、特殊な無銘天使を使えば姿形や能力すらも模倣できるかもしれない。

だが、今の響にそれはない。ないのに、その変身を成し得たのだ。

それは人間が、虎を見て——虎になりたいと、そう願うほどには不可能だ。

何しろイメージができない。人間は、虎の気持ちを感情を理解することができないし、その動作感覚も狩猟性能も想像できない。

もし、可能だとするならば。

それは極めて、痛みを伴う行為だったはずだ。骨格から、筋肉から、皮膚から全てを作り直す。皮膚を剝がして貼り付けて、髪の毛を引き千切って再度植え込み、筋肉を肥大化あるいは縮小化し、骨をチタンで補強して——現実世界ならば、そういうことをやった、ということだ。

それはもう拷問と何も違わない。拷問には最終地点があり、解放されることもあるが、この痛みに限度はない。

事実、響は全身が軋《きし》むような痛みを必死になって堪《こら》えている。

そしてそのことを、紗和もよく理解している。

紗和はだからこそ呆《あき》れ果てると同時に憎悪《ぞうお》する。この女は、この取るに足りない準精霊は、山打紗和を挑発するためだけに、それを成し得たのだから。

「おめでとう。あなたの目論《もくろ》みは成功です」

「お。八割イケると思いましたが、良かったですね」

「ええ。お礼にすぐに殺してあげますから」

〈狂々帝《ルキフグス》〉の銃を放つ——模倣した女王の軍刀《サーベル》で弾く。

「ふっふっふ、どうですってあいったあああああ！」

弾丸の衝撃で我慢していた痛みが、破裂したように拡散した。

「ま、そうなりますよね。呆れた自滅行為です。一つだけ、伺っていいでしょうか？」

「は、はい。耳と顎の間に畳針を突き刺されたような痛みが走っていますが、わたしに答えられることなら」

「どうして、そこまでするんです？」

もちろん、紗和は理解している。狂三のためなのだろう、と。だが、それを踏まえても、あまりに捨て身過ぎる。

「……もう、戻れないでしょう？」

「あ、う。そこまでバレてますか」

何しろ戻れない。緋衣響は自分の顔を捨て去ったのだ。これからの彼女は鏡を見る度に、狂三のような、あるいは紗和のような自分の顔が浮かび上がることになる。

想像することも不可能な絶望。

しかも、そこまでやって成し得るのは僅かなりとも時崎狂三の戦いに貢献できた、というものだけだ。

賞賛も報酬も憐憫《れんびん》もなく、どうしてそこまでやってのけたのか。

「……わたし、狂三さんとはもう一緒に居られそうにないんです」

響は言う。

「かと言って、狂三さんを引き留めるのは……うん、考えなくもなかったんですが、それはやっぱり、わたしの知っている狂三さんじゃないかなって」

響は告白する。

「この献身で狂三さんは揺らぐかもしれないけど、最終的に狂三さんは現実を取ると確信しています。それが、わたしの知っている時崎狂三ですから」

乗り越えて、乗り越えて、ひたすら乗り越え続けて。

どれほど苦難の道のりでも、まったく意に介さずに歩き続ける登り続ける。

「だから、まあ――ふふ」

そして緋衣響は、楽しそうに笑う。

「最後くらいとびきり驚かせたかったんですよ。わははは！　わたしの勝ちでしょうね、コレはさすがに！　ドン引きされるかもですが！」

「してますわ、めっちゃドン引きましたわ」

響のちょっと自棄《やけ》になったような言葉に応じる者が、空から降ってきた。

「本当に呆れましたわ。ただでさえ、先ほどまでのあなたは見るに堪えないとまでは言いませんむしろ良い感じの顔でしたが、極めてユニークな緋衣響さんの名残はまだまだありましたのに」

「あの狂三さん？　ちょっと誹謗《ひぼう》中傷入ってますよ？」

「――もう、響さんの名残がありませんわよ。あなた」

悲しげな声が、響の耳朶《じだ》を打つ。

「でも、いいですよ。さ、一緒に戦いましょう。えへへ、こういう台詞《せりふ》を言えるようになりましたよ、わたしってば」

その悲しさを、天真爛漫《てんしんらんまん》の明るさで打ち消した。

後悔や絶望や諦観は後回し、今、この場で全力を。その様子を苛立《いらだ》たしげに見ながら、紗和は〈狂々帝《ルキフグス》〉を構えて。

「……痛っ……」

その頭痛に、顔をしかめた。

「────」

狂三は紗和を観察する。正確に言うと、その頭髪に視線を注いでいた。響も気付いたようで、くいくいと狂三の袖を引く。

「分かっていますわ。けれど、まだですわね。……響さん、言うまでもないと思いますが。地獄の果てまで付き合う覚悟、できていまして？」

「もちろんです！」

「そう。なら……参りますわよ！」

狂三と響が、揃《そろ》って跳躍。同時に、生き残った残り一二体の分身体も跳躍。

「鬱陶しいんですよ……！」

轟《ごう》と吼《ほ》える女王。

その、初めてとも言える明瞭な怒りを嘆き、同時に嬉《うれ》しくもなる悪夢。

互いの予感――数分後、全てに決着がつく。

最後に立っている者が誰なのか、それだけが未知だった。

◇

「【八と蠍の弾《ヘット・アクラヴ》】――！」

初手、山打紗和はとんでもない奇策に出た。自分の片腕を引き千切ると同時、その腕に弾丸を撃ち込む。瞬《また》く間に膨れ上がった彼女の腕は白の女王《クイーン》の分身体となる。

「任せますよ」

「心得ました」

分身体の女王が、ぎろりと緋衣響を睨《にら》んだ。なるほど、と響は納得する。

「『わたくし』たちはそちらを！　紗和さんはわたくしで討ちます！」

「了解ですわー！」×一二
応答斉唱と共に一二人の分身体の狂三たちが、分身体女王へと矛先を変えた。分身体女王が叫ぶ。

「〈狂々帝《ルキフグス》〉！」

天文時計が発動。それとほぼ同時に、引き千切った腕をあっという間に再生した山打紗和も告げた。

「〈狂々帝《ルキフグス》〉」

二つの天文時計に狂三は瞠目《どうもく》する。

「使えますの……!?」

「何しろ右腕を引き換えにしたんですから、そのくらいできないと困ります」

平然と紗和は答える。引き千切りがあっという間だから気付きにくかったが、苦痛を感じていない訳ではなかったらしい。分身、というよりは分け身……己の力を分離したに等しいだろう。

「【獅子の弾《アリエ》】」

空間を削る弾丸が縦横無尽に突き進む。分身体の狂三たちは慌てて回避する。

「響さん、これを！」

「受け取りました――！」

一人の分身体狂三から投げ渡された古式銃を受け取り、くるりと回して狙いを定める。

呼吸を合わせたかのように、分身体たちも掃射。そして響はギリギリのところで、女王の【獅子の弾《アリエ》】を回避した。

「予想通り……！」

確かに分身体の彼女は〈狂々帝《ルキフグス》〉を行使できるが、それは全ての能力を十全に発揮できる、という訳ではない。

分け与えられた力は弱体化し、分離された異能は衰退するのが常だ。

分身体の狂三が〈刻々帝《ザフキエル》〉を行使できないことと、原理的には同一だ。

だから、【獅子の弾《アリエ》】の特性である追尾ができない。ならば、それは空間を削るだけの愚直な弾丸に過ぎない。

もちろん、喰《く》らえば死ぬが。喰らわなければ死なないのだ。

「狙います！」

響は丁寧にそう言って、古式銃の狙いを定める。眉間を狙い、引き金を引く。動作は澱《よど》みなくスムーズ。まさに流れるような自然動作。

銃の技量は、構えて狙いをつけて引き金を引くという三アクションに集束される。時崎狂三と山打紗和は超一流であり、緋衣響は一流に手の届かない二流というところだろう。

だが、それは本来の響の話。

今の彼女は、狂三と紗和の技量を僅かながら継承している。女王の分身体が〈狂々帝《ルキフグス》〉を行使できるように、緋衣響の技量は二人に手の届く位置にまで至っている。

弾丸は眉間に直撃。前傾姿勢になっていた白の女王《クイーン》が仰け反りかけるほどの芸術的なカウンター。

しかし。頭が吹き飛ぶことはない。

「頑丈な……この……このぉ……！」

響は何か上手《うま》いこと言おうとして即座に諦めた。喩《たと》え方が見つからなかったこともあるが、何より狂三にも当てはまりそうだったので。それはつまり、背後から撃たれかねないということだ。いやさすがに撃たないだろうけど、撃たれた気持ちになるのだ多分わたしが多分だけど！

「——こうるさい。やはりあの時、仕留めるべきだったぞ」

不敵な笑みを浮かべる分身体が、隣にいる紗和にそう告げた。紗和は忌々《いまいま》しそうに舌打ちしながらも、その提案に頷《うなず》いた。

「ええ、ですからもう見逃さない。潰してください、〝将軍《ジェネラル》〟」

「無論」

紗和の言葉に、なるほどと狂三は頷く。別たれた身に、彼女は信頼を置くもう一つの人格を設計したらしい。しかし、となると――。

一旦、その思考を脇に追いやる。紗和が【獅子の弾《アリエ》】を撃って、狂三と響の狭間《はざま》を引き裂いた。その弾丸の意味するところを、両者共に理解する。

「一対一《タイマン》上等……！　まあ、こっちには分身体の皆さんがいるんですが！」

響たちと〝将軍《ジェネラル》〟が真正面から激突。もつれ合うようにして地上に落下。

屋根を突き破った先にあったのは、どこかレトロな雰囲気のある喫茶店だった。

響は店のカウンターにあった、大きめの水差し《ピッチャー》を蹴り飛ばす。〝将軍《ジェネラル》〟が反射的に軍刀《サーベル》で切断すると、降り注いだ水が一瞬彼女の視界を奪った。

「詰めます！」

その一言で、狂三の分身体は響がやろうとしていることを理解。そしてそれが、実に有用且《か》つ命懸けの戦術であることも。

軍刀《サーベル》を振る〝将軍《ジェネラル》〟に対し、響たちは数の多さと取り囲むことで軍刀《サーベル》を強引に封じ手とする。近接戦闘を超える最接近戦闘、最早《もはや》満員の電車を思わせるような密度で、〝将軍《ジェネラル》〟と響たちは死闘を繰り広げる。

技量を数で、異能を数で、肉を切らせて骨を断つどころか肉と骨を断たせるような、自爆覚悟の特攻劇。

そしてそれが、敵対者《ジェネラル》にとっては最悪なことに。実に効果的だった。

「鬱陶しい……！」

「はいその通り！　ごめんなさい鬱陶しくて！　でもまあ、戦うってそういうことなんだと思いますよわたし！」

零距離からの射撃を、〝将軍《ジェネラル》〟は人智《じんち》を超えた動きで回避、回避、掠《かす》める、回避。狂三の分身体が足を絡《から》ませようとする——失敗。逆に転ばされると同時に軍刀《サーベル》を分身体に突き立てた。

「くっ……！」

一人が霧散、〝将軍《ジェネラル》〟が自身で蹴り上げた軍刀《サーベル》を摑《つか》む。そうはさせじと、響が古式銃を軍刀《サーベル》に激突させる。軍刀《サーベル》が響を斬ろうとするも、狂三たちの射撃で体勢を変化せざるを得ない。

後退しようとして防がれ、突撃しようとして防がれる。だがその一方で、響と狂三の分身体たちも、傷ついていくのも確かだった。

目まぐるしく変化する攻防と状況。

その場にいた全員が、一時目的の全てを失念した。

透明な殺意、純然たる闘志。目の前の、因縁の因縁に次ぐ因縁の少女を。

気が済むまでブッ飛ばす……！

「たあああああああああ！」

響が吼えて、〝将軍《ジェネラル》〟の顔に銃を突きつける。

〝将軍《ジェネラル》〟は短銃を握りつつ、目の前の響に射撃――の反動で、背後にいる狂三に肘鉄を直撃させる。回避しきれなかった響の右目を弾丸が潰した。その代償として、響もまた女王に傷を負わせた。

〝将軍《ジェネラル》〟は回復ができない。接近されているからではなく、女王の治療方法――【水瓶の弾《ドゥリ》】がフィールド範囲型の回復術式であるためだ。

この距離では、自分だけではなく周囲で負傷している狂三の分身体や緋衣響も治癒してしまう。さすがにその愚行は憚られた。

もちろん、響も狂三も【四の弾《ダレット》】を使うことはできず。傷も苦痛も絶望も全て、残り続ける。

耐久力勝負、というよりは信念の勝負。

相手を徹底的に殴り倒し蹴散らしブチのめす――最後の最後の最後まで、意地の力で立ち上がったまま。

「負け・ない・ぞー！」

緋衣響の渾身《こんしん》の右ストレートが、〝将軍《ジェネラル》〟の顔面に炸裂《さくれつ》した。

◇

気迫の勝負となった緋衣響と女王の分身体とは逆に、時崎狂三と山打紗和の最終決戦は、全ての技量と異能を動員した凄絶な殺し合いになった。

「【四の弾《ダレット》】!」

「【水瓶の弾《ドゥリ》】!」

間合いを取って互いに自身を補修する。互いに頭上を獲《と》ろうと位置を入れ替え、射撃しながら最適の位置を走査《サーチ》し続ける。

屋根の上を走りながら、宙空をカッ飛ぶ敵に向けて引き金を引く。あるいは狭苦しい路地であらゆる構造物《オブジェクト》を利用しながら、体を入れ替える。

そうしながら、互いに想《おも》いをぶつけた。質量が存在すると勘違いしそうなほどの想いを。

「……どうして、彼のためにそこまでするんですか」

「それはわたくしの勝手でしょう? 紗和さんこそ、どうしてわたくしの邪魔をするのですか?」

「邪魔? そう。あなたは邪魔だから殺すんだ。わたしも、わたし以外の誰かも」

「それは――」

「邪魔されたんだから、邪魔する権利はわたしにもあるよね？」

笑顔でそう言うと、また少しだけ彼女の髪がブレた。紗和本人は気付いていないが、狂三はそれをしっかりと確認した。

「あるかも、しれませんわね。ですが、隣界を巻き込んだのはあなたです」

……そうだ。

隣界を巻き込んだ。ここで懸命に生きようとした少女たちを巻き込んだ。彼女たちは何もしていない。していたとしても、理不尽に殺されるほどではない。

「絆王院《ばんおういん》華羽《かれは》のことを、わたくし忘れておりませんわよ？」

「……誰？」

その返答に、狂三はむしろ朗らかなくらいの笑顔を浮かべて紗和の顔を殴り飛ばした。

「失礼。わたくしともあろう者が、感情を先走らせてしまったようです。ですが、それも致し方ないでしょう。勝手に恋をさせて勝手に滅ぼしておいて、それで相手の名前すら覚えていないというのは、あまりにあんまりですわ」

「ああ……そうか。〝令嬢《レディ》〟が色々と策していましたね。――でも、恋に落ちた方が悪いんですよ。所詮、その程度の気持ちだったということです」

「紗和さんにしては、ドブ川のような台詞《せりふ》ですわね。殺しておいて殺された方が悪い、などと言い出すようなものですわよ」

今の言葉は山打紗和というよりは、白の女王《クイーン》の方の残忍性が露《あら》わになっていた。なので狂三は躊躇《ちゅうちょ》なく、紗和の言葉を糾弾する。

紗和は狂三の言葉に目を丸くして、その後で（恐らくは無意識に）自分の髪を弄《いじ》った。

そしてまた、彼女の色がブレる。

「……痛っ……」

ズキリ、と。恐らく彼女も理解できない、意味不明な痛みが一瞬彼女を襲ってすぐに消える。

「ところで一つ質問があるのですけれど」

「……何かな？」

深呼吸。狂三の眼《め》にはこれまで見たことのない感情が浮かび上がっていた。

「──あなた、本当に白の女王《クイーン》ですの？」

疑念。そう呼ばれるものだ。

「どういう、意味かな。わたしは山打紗和で白の女王《クイーン》だよ、どんなに姿が変わっても──」

「ええ。姿形ではなく、過去と感情が正しく紗和さんなら、わたくしもあなたを紗和さんと呼ぶことに躊躇《ためら》いはありません。でも、あなたの正しい紗和さんは過去だけ。わたくしの知る紗和さんなら、どれほど堕落しようとも──恋をした少女を貶めることはない」

「……っ！」

その信頼で満ちた発言に、思わず紗和は銃の引き金を引いた。接近していた狂三は、銃身を叩《たた》いて弾丸を逸《そ》らす。

「もう一度、お伺い、いたしますわ」

念を押すように／あるいは殺しかねない目付きで、時崎狂三は問い質《ただ》す。

「あなたは、本当に、自分が山打紗和だと思いますの？」

「ふざけっ……ないで……」

「先ほどから頭が痛いみたいですわね、紗和さん」

「……少し、黙ってくれないかな。狂三さん」

突き放すような言い方。狂三は冷静に、冷徹に、狩人《かりゅうど》の目で山打紗和を観察する。紗和は恐らくまだ理解していないが、第三者の視点で紗和を見ている自分には分かる。

一言で言えば、分離。

これまで、山打紗和と白の女王《クイーン》は同一人物として結びついていた。本来の二人は思想も動機も趣味も嫌悪《けんお》対象も何もかも違うのに。

――時崎狂三が、ただ憎い。

その想いだけで、二人は共犯者であり同一人物だった。そして、恐らくはその矛盾を封印するために、複数の人格を作り上げた。

〝将軍《ジェネラル》〟、〝令嬢《レディ》〟、〝死刑執行人《エグゼキューター》〟、〝工作員《エージェント》〟、〝政治屋《ポリティシャン》〟、〝上帝《オーバーロード》〟。

人格を頻繁に入れ替えることで、起こりかねない矛盾を常に修正し続けていた。山打紗和と白の女王《クイーン》は、本来交わってはいけない存在だったのだから。

だが、紗和が表面化して狂三と戦い続けたことで、矛盾が修正されなくなった。

パソコンのキャッシュメモリが溜《た》まり続けるように、彼女は少しずつ不調を来していく。

「お気付きでないかもしれないですが。髪の色が、少し戻っていますわよ」

「……！」

反射的に紗和が髪の毛を押さえた。狂三の表情に嘘《うそ》はない、と彼女も判断したのだろう。

その言葉が意味することを理解して、初めて紗和の顔が嫌悪に歪《ゆが》んだ。

「これ、は」

「結局のところ、目的が一致しているからこそその共犯。今の紗和さんと、反転体の『わたくし』はズレてきています」

それは表層の感情と本能のせめぎ合い。狂い出した時計の針が、二度と一致しないように。一度ズレ始めた彼女はその違和感に苦しみ続ける。

紗和は煩悶《はんもん》し／女王は苦しんで、そして静かにその事実を認めた。

「……そう、かもしれませんね……」

いずれ来る破綻だった。紗和の憎悪《ぞうお》と反転体の憎悪は、種類《カテゴリ》が違うのだ。

大好きな人間に裏切られたから憎んだ少女と、そもそもが在り方として憎むしかない少女では。

「……でも、お陰で……見えて……きたものもあります」

「……見えてきたもの？」

「この期に及んで──手を汚したくはない、最後の一線を越えたくはない。狂三さんがそう願っていることがですよ！」

血を吐くような叫びと共に、紗和は銃を撃った。

その余裕が憎く、その憐憫《れんびん》が忌々《いまいま》しい……！　憎い、憎い、憎い、どうしようもなく、絶対的に、今すぐ滅ぼさなければ！

わ、わ、わたしがわたしではなくなってしまう！

バンシーのような金切り声を上げながら、紗和は銃を乱射する。狂三はかがみ込んで回避しつつ、素早くその場を離れた。

女王は全く後先顧みず、その後を追う。

その目は殺意と憎悪に濁り、女王を女王たらしめていた余裕が失われていた。

深呼吸。タイミング的には今だろうか、と狂三は考える。あの必殺の弾丸を放つべきは今だろうか。

狂三は山打紗和を、じっと推し量る。

女王の奥底にあった絶望に、ようやく辿《たど》り着いた気がした。今が好機という気がする。

だがしかし、その一方で狂三が培《つちか》ってきた経験は、彼女の甘さを――あるいは縋《すが》り付きたくなるような希望を否定した。

彼女は怒っているだけだ。一秒後に冷静になるかもしれない。こちらが攻撃態勢に入った瞬間に、その能力を直ちに発揮できるような状態になるかもしれない。

まだだ。紗和の動揺を呼び起こしたのは時崎狂三のポイント先取と言うべきであるが、この状態のままあの弾丸に持ち込むのは、やはり無謀だ。

動くとすれば、やはり――。

「アレしかありませんわね」

人間であれ獣であれ精霊であれ、生命体である以上は弱体化する瞬間が必ず存在する。

その道筋を今から定める。どれほど遠回りになろうとも、その過程で自分がどれほど死に近付こうとも。

時崎狂三の判断は正しかった。紗和の動揺は狂三を追う内に即座に立て直された。その落ち着きを示すかのように、紗和は支配者《ドミニオン》としての権限を行使する。

「……!」

またもや思い出の場所。しかも今度は、その規模が何とも極小だった。

「……これはこれは……」

汗が流れる。心臓が弾む。嫌な思い出などない。良い思い出ばかりの場所。ただ、その良い思い出というのは……ある日を境に全て、塗り替えられることになったのだけど。

「紗和さんのお家《うち》とは……何とも……。響さんは屋根裏あたりでしょうか」

と響が聞いていたらフンガーと抗議しそうなことを呟《つぶや》いた。……響の気配は家にはない。恐らく外にいるのだろう、と狂三は見当をつけた。

ならば、ここは自分と紗和の二人きりだ。だが——ここは、少しばかり間が悪い。単純に狂三の武器が銃であり、短銃の方はまだしも長銃の方は屋内で扱うには二〇センチほど銃身が長すぎた。

その点、紗和——白の女王《クイーン》の〈狂々帝《ルキフグス》〉は軍刀《サーベル》と拳銃の組み合わせだ。軍刀《サーベル》の取り回しはやや工夫がいるが、長銃よりは楽だろう。

二〇センチの差、武器カテゴリの差がここにきて狂三に重くのしかかる。

「冷静さを取り戻したようですわね、結構ですわ紗和さん。安い挑発に激昂《げきこう》して返り討ちとか、わたくしたちには似合いませんもの」

「プロサッカーだと、本拠地ってあるよね。東京だったり大阪だったり色々だけど。その本拠地で試合すると、やっぱり勝率は違うんだって」

「あらお詳しい。好きでしたの、サッカー？」

「ううん、それが全然。お父さんは好きだったみたいだけど」

「それで、そのトリビアで紗和さんは何を仰《おっしゃ》りたいんですの？」

「うん。わたしは……ここで狂三さんに勝つつもりだから」

こつ、こつ、こつ、と互いに歩み寄る。一六畳の広さを誇る山打家自慢のリビングだ。かつてここには彼女の家族と、そして猫がいたが。今は殺意を滾《たぎ》らせた二人だけ。

「やっぱり、こういう時は……こう言うべきかな。いざ尋常に勝負、とか」

「いえいえ、こういう時は……それこそ、コレでいくべきですわ」

狂三はそう言って、ポケットから硬貨を取り出した。一九〇三年にアメリカで鋳造された一ドル銀貨——通称、モーガン・ダラーと呼称されるそれは、日本の五百円硬貨を上回る大きさと重さで、蒐集家《しゅうしゅうか》の間でもよく出回る代物である。

「何でそんなものを？」

「以前、この自宅でお見かけいたしまして。これ、結構珍しい代物ですわよ」

ああ、と紗和は納得する。彼女の父親は仕事の都合で海外に出張することが多かった。

その分、戻ってきたときの土産は珍しいものばかりで、子供心に喜んだものだ。

とはいえ、中には興味の向かない代物もある。海外のコインはその内の一つだった。

狂三は何度か、この家に遊びに来たから──覚えていたのだろう。

「紗和さん、覚悟はよろしいですか？」

「狂三さんこそ」

くすり、と笑い合う。互いの笑みは、少女のように無邪気で悪魔のように狡猾《こうかつ》だった。

沈黙。狂三が指を弾く、硬質な音と共にコインが宙を舞う。互いに互いの天使／魔王を握り締める。

温かさと、愛情と、団欒《だんらん》に満ち溢《あふ》れたリビングに全くそぐわない異分子である二人が。

全くそぐわない血塗《ちまみ》れの武器を手にして。

「〈刻々帝《ザフキエル》〉」「〈狂々帝《ルキフグス》〉」

そうして、最後の殺し合いを開始した。

「わたくしはここまでです。響さん、後は――」

「はい！」

◇

狂三が生み出した分身体の最後の一人が、無念そうに霧散していく。緋衣響の手にした古式銃に、罅《ひび》が入った。響は顔をしかめつつ、霊力を送り込んで無理矢理存在を維持する。

とはいえ、持ち主が消えた以上はこの古式銃も消滅を免《まぬが》れない。霊力を送り込むことで、消滅を遅らせてはいるが、底の抜けたバケツのようなもの。

恐らく三分以内に、手にした武器は消えるだろう。

そして。

響は〝将軍《ジェネラル》〟に目線を送る。立っているし呼吸もしている。だが、手にした軍刀《サーベル》と拳銃は見る影もなく。頭部及び右上腕部及び左大腿《だいたい》部より激しい出血。そもそも、左足は骨折していて引き摺《ず》るように歩いている。

満身創痍《まんしんそうい》――絶命していないのが不思議なほどの。

だが生きているし、戦うこともできる。その凶暴な眼差《まなざ》しは、響を殺す余力があると訴えていた。

響もまた、負傷していた。一番重たいのは潰れた右目だ。弾丸を回避しようとしてしきれなかった。斬撃が掠《かす》めた左手小指も皮一枚で繋《つな》がっているだけ。狂三の【四の弾《ダレット》】で修復はできるかもしれないが、切断されたものは可能だったろうか、などと響は下らないことを考える。

隣界に住まう準精霊《しょうじょ》たちに、肉体はない。

だが、魂は焦燥と絶望と闘志によって汗を掻《か》いている。肩で息をしていて、腕を動かすどころか一歩歩くだけでも凄《すさ》まじい倦怠《けんたい》感だった。熱もあるだろうが、そもそも血を流しすぎたせいか酷《ひど》く体が冷えていた。

射撃回数は三度……いや、二度が限度だろう。それ以降は、無手で戦う以外にない。

「おた……がい……死に体……だな……」

久しぶりに、〝将軍《ジェネラル》〟が口を開いた。

「そう、ですね。わたしも、そろそろヤバいです」

「でも……条件が、違う。私は……ここで死んでも構わないが……お前は……お前は、」

ああ、確かに——と響は納得する。敗北はもちろんのこと、引き分けでも響はダメなのだ。自分が死んだ時点で、山打紗和の目的は達成される。

「……なら、勝つだけです。元々、死ぬ気なんて、ない……！」

響はそう言って、震える手で銃を構えようとして——渾身《こんしん》の力で、斬り付けられた。

軍刀《サーベル》の刃が、〈刻々帝《ザフキエル》〉を断ち切ったのだ。

「あ、ああ……あああ……！」

「獲……った……！」

愕然《がくぜん》とした表情で膝を突く響と、勝利した喜びで顔を歪《ゆが》める〝将軍《ジェネラル》〟。虚《うつ》ろな瞳で響は、近付いてくる彼女を眺める。

——どうしたらいいのだろう。

実のところ、その答えは既に出ていた。やるべきことなど、一つしかない。失敗すれば死だが、何もしなくても死ぬのだ。

だからやるべきなのだ、が。

（……ああ、怖いなあ……）

敗北が怖い、死ぬことが怖い、狂三さんに会えなくなることが怖くて仕方ない。でも、結局一番怖いのは別のモノ。

「これで……終わり……！」

響が死ぬことで、時崎狂三が、自分のことを——悲しい思い出カテゴリに放り込むのが一番、怖い……！

項垂《うな だ》れていた響の首を狙って振り上げられる軍刀《サーベル》。振り上げられる直前に、響は最後の気力を振り絞った。

初手、響は足を動かす。突いていた膝を擦るように前へ動かして、片膝を突いた状態に移行する。足を動かしただけなので、軍刀《サーベル》を振り上げた直後の将軍《ジェネラル》は、その動きに気付けない。

二手、響は勢いよく両手を掲げた。その両手は軍刀《サーベル》の刀身ではなく、片手に握られた柄と手そのものを狙う。

「――‼」

〝将軍《ジェネラル》〟の反応は、それこそ素晴らしいと言わざるを得ない。響の攻撃が真剣白羽取り、というよりは軍刀《サーベル》の奪い取りと斬撃を防ぐためのものだと察した彼女は、咄嗟《とっさ》に片手に握っていた拳銃を手放した。柄と手を狙った響の掌打はダメージを与えられるものではないが、片手ではバランスが崩れて軍刀《サーベル》を奪い取られかねない。

振り下ろしを一旦停止して、もう片方の手を軍刀《サーベル》の柄に移動。両手でしっかと握り締めてから、〝将軍《ジェネラル》〟は満を持して斬撃を再開した。

素晴らしく迅速な反応だった。片手で振り下ろしていれば、間違いなく組み付かれて斬撃は無効化され、戦いはもつれ合いになっただろう。

しかし、実のところ響が一番恐れていたのもそれだった。

両手で握られ振り下ろされる軍刀《サーベル》と、勢いよく突き上げられた響の掌打。

激突。〝将軍《ジェネラル》〟の斬撃は片手から両手へと移行する際にわずかに遅れた。振り下ろす側が有利なのは自明の理であるが、その遅れは軍刀《サーベル》へと伝わる〝将軍《ジェネラル》〟の力を、僅かに鈍らせた。

激突の結果は引き分け。軍刀《サーベル》は完全に振り下ろされるより先に、下からの突き上げで停止した。

だが、〝将軍《ジェネラル》〟は慌てない。響は現状の体勢から立ち上がるにせよ、自分に飛びかかってくるにせよ、全てにおいて彼女が先手を打てるのだ。

もう一度斬撃、響の首を刎《は》ねる。それで終わりの、はず――――

響の最後の一手は、『立ち上がる』でも『飛びかかる』でもなかった。響の狙いは軍刀《サーベル》で首を刎ねることに拘《こだわ》った〝将軍《ジェネラル》〟の動きを、一瞬止めることであり、その静止した瞬間に、彼女がつい先ほど捨てたものを拾い上げることだった。

「あ――」

響の手には、〈狂々帝《ルキフグス》〉が握られている。精密機械のような短銃が、しっかと〝将軍《ジェネラル》〟に狙いを定めていた。軍刀《サーベル》を振り上げているが、既に少女は理解している。

——ああ、これは、間に合わないな。

しっかりと狙いを定めて殺意を籠めてその弾丸を解き放った。過《あやま》たず突き進む弾丸は、胸部から侵入して心臓を貫き致命傷を負わせた。

衝撃で仰《の》け反ってしまった〝将軍《ジェネラル》〟には、軍刀《サーベル》を振り下ろす力すらもなく。

そして緋衣響に容赦はない。生きると決めた以上、それを阻《はば》む相手に情を移す余裕などない。だから、立ち上がりながら更に引き金を引いた。五発。過剰殺傷《オーバーキル》にも程があるが、それでも響は彼女が完全消滅するまで不安と絶望に駆られながら、ひたすら銃を構え続けていた。

〝将軍《ジェネラル》〟は自分の胸を手で触れて拭い、べたりとついた血を見て——少し満足げに微笑《ほほえ》んだ。

「…………いい腕だ」

賞賛の言葉に嘘《うそ》はなく、その声色には奇妙な感情が乗せられていた。

彼女はつい先ほど生まれた分身体であり、女王の模倣であってそれ以上でもそれ以下でもない。けれど賛嘆には本当に奇妙なことに、安堵《あんど》があった。

そのせいだろう、響はついその言葉を吐き出した。

「わたしも」

「……？」

「わたしも、どうせもうすぐですから」

少しだけ捨て鉢に、なげやりに。響は一分も経《た》たずに消えていく少女の躰《からだ》を前にして、ガラにもなく本音を零《こぼ》した。

「君らしくもない」

「わたしの何が分かるって言うんですかこんにゃろう」

響が噛《か》みつくと、〝将軍《ジェネラル》〟は少し笑った。

「分かるさ。……分かるとも。だが、緋衣響はそちらの道を選んだ。その責任は、他の誰でもない君にある」

「それは――」

「行け、進め、切り拓《ひら》け。君はそういう生き物だろう？」

その言葉に、響はごくりと唾を飲んだ。やだなぁ、この人。わたしよりわたしのことを理解している。そんなことを想《おも》い、背を向ける。

背後に声はない。振り返る必要もない。彼女の行動は手に取るように理解できる。最後の最後まで諦めずに、響が置いていった〈狂々帝《ルキフグス》〉を手に取って、引き金を引こうとして。

「――ああ」

その力すらないことに気付いて、諦めのため息を零すのだ。

山打紗和が残した分身体。最後の一人がたった今、消失した。

残す敵はあと一人。そしてその最後の一人に、緋衣響は手を出せない。出しては、ならないのだ。

だから、後は自分のために動くだけ。

「うん。行くし、進むし、切り拓こう！」

緋衣響は、それしかできないのだから。

◇

慣れ親しんだリビング、憩いの一時を楽しむべき場所は今、血風《けっぷう》が吹き荒《すさ》ぶ戦場と化していた。家族で食事を取ったダイニングテーブルを蹴り飛ばしたのは山打紗和であり、飛来するそれを物ともせずに銃で破壊したのは時崎狂三である。

温かな思い出を、全て不要と切り捨てて。

ただ敵対者への破壊行動のみに専心する。最早《もはや》、狂三も紗和も相対する弾丸であり、刃《やいば》であった。

〈刻々帝《ザフキエル》〉の銃が壁を紙細工のように突き破る。〈狂々帝《ルキフグス》〉の軍刀《サーベル》が唸《うな》りを上げて屋内のあらゆる思い出の品を叩《たた》き壊した。

そして、互いの能力を行使する。

「【一の弾《アレフ》】」「【牡牛の剣《ショール》】」

加速する狂三と加速する紗和。弾幕を張りつつ突撃する狂三と、軍刀《サーベル》の切先を標的へ向けて突貫する紗和。

互いに負傷しながら交錯する。弾丸と刃が、それぞれに浅手を負わせる。だが、互いにその傷を我慢できると判断して後ろに顔を向ける。

——なんて美しい《うつくしい》。

——なんて醜い《みにくい》。

互いに互いをそう思う。血塗《ちまみ》れで、霊装《ドレス》はところどころ破損箇所があり、汗が流れ、顔は苦痛に歪んでいる。

それでも、それでもなお。体は動くし、武器は扱える。殺意も滾《たぎ》ったままだ。

ただ、不意に狂三は思う。このリビングで紡《つむ》いだ時間が、確かにあった。可愛《かわい》らしい猫と遊ばせてもらったことも、家族皆で夕食を共にしたことも。

それらが全て、ただの障害物として破壊されている。夕食を食べた綺麗《きれい》なお皿も、ココアを飲ませてくれた大ぶりのカップも、とっておきだという銀の燭台《しょくだい》も。何もかも全てが破壊され、宙空に散らばり、そしてたった今、雨のように降り注いだ。

後悔も悲嘆もない。ただ、あまりにも遠いところに来てしまったと思う。人生の無常さとか、思い出の無意味さとか、そういうものが微《かす》かに思考の裏側で煌《きら》めいた気がした。

体は動く。狂三はわざとバックステップして玄関へと繫《つな》がる廊下に足を踏み入れた。

紗和は後を追う。紗和の家は裕福だったので廊下はそれなりに広い──とはいえ、それは普通の廊下より少し広いだけ。長銃を振り回すようにはできていない。

紗和は短銃を撃ちながら、距離を詰める。致命傷を負わないように回避しつつ、狂三も反撃する。案の定、廊下では先ほどのように自分をコマのように回転させながら、長銃を撃ち放つ曲芸じみた真似《まね》はできなくなっていた。

一方、紗和には軍刀《サーベル》による刺突がある。

「【牡牛の剣《ショール》】！」

突貫する紗和を、狂三は跳躍して回避。壁を蹴って、更に上へ。

悪寒《おかん》。そうだ、この廊下には三箇所の選択肢がある。現在、支配者《ドミニオン》としての権限で封印している玄関、そして先ほどまで戦っていたリビング、それから最後に二階へと通じる廊下……！

「回避……【双子の弾《テオミーム》】！」

「──させませんわ」

狂三が壁を蹴り、手すりを蹴って上昇しながら回転、長銃を構えて一階で見上げる紗和に狙いを定める方が速かった。

そして【双子の弾《テオミーム》】で分離する余裕を与えず、狂三は直上から真下に向けて、長銃で狙撃。【双子の弾《テオミーム》】により分裂しかかっていた紗和だが、それが終わるより先に、肩口から腹部へ向けて弾丸が貫いた。

「ガ、アッ……！」

吠《ほ》え立てながら、女王は二階へと飛ぶ。逃げることは頭に思い浮かばなかった。一杯食わされた、ということへの意趣返し──もないではないが、それよりもっと重要なことがあった。

ここから全ての手を間違えなければ。わたしは狂三さんに勝つことができる。

全身に電流のような快感と闘志が迸《ほとばし》る。ここで倒す、必ず打ち倒す。ここはわたしの家、わたしはどこに、何があるか、全て把握している。

人間としての記憶は薄れることなく、人間としての憎悪《ぞうお》が薄れることもない。

だからここで戦うのは苦しいが、苦しいけれど。二階には、時崎狂三の動きを止めるものが必ず存在する。

祈りを捧《ささ》げる。神にではなく、自分自身に。どうか、どうか、最後の最後まで悔いなくやりきることができるように。

山打家の二階は、山打紗和の部屋があったと時崎狂三は記憶している。部屋はリビングよりは狭いものの、中央でなら長銃を振り回すことも可能な程度の広さだったはずだ。もちろん、隅に追いやられれば銃床がつっかえるくらいの恐れはあるが。

遠い、遠い記憶から山打紗和の部屋を呼び起こそうとする。だが、広さ以外で覚えているものはどうも曖昧模糊《あいまいもこ》としていた。

せいぜい、勉強机があったとかその程度だ。後は――。

「ああ、そうでした。マロンに夢中で、他のものがほとんど見えていませんでしたわ……」

ここに来て、まさかのしょぼくれた事実発覚に狂三は頭を抱えたくなった。

とはいえ、戦うことに支障はないはずだ。狂三は紗和の部屋に入ると、ひらりと中央に降り立った。

ああ、懐《なつ》かしい。リビングでもよく遊んだが、当然ながらこの家でより馴染《なじ》み深いのは、紗和の部屋の方だ。

クッションも、ベッドも、小さなテーブルも、ぬいぐるみも、見ただけで思い出せた。

山打紗和という少女の平穏で柔らかな日々が、そのまま凝縮したような部屋だった。

胸が痛む。冗談ではなく、本当に心が軋《きし》む。山打紗和も、時崎狂三も、ここで過ごしていたときは、本当に無垢《むく》のまま生きていたのだ。

悪意も闘志も絶望も殺意も希望も、何一つとて知覚していなかった日々。

そのことを思うと、気が遠くなるほどの後悔に苛《さいな》まれる――一方で、部屋の中央にある小さなテーブルを踏みしめた狂三は、紗和がどこからどうやって攻撃を仕掛けてくるか、それだけを考えている。

生存本能と闘志が『そんなコトより、目の前の戦いに集中しろ。さもなければ死ぬぞ。後悔は頭の片隅に置いておけ』と揃《そろ》って警告を発しているからだ。

……狂三の思考は本来、正しいはずだ。現状、余分なことを考えている余裕はない。けれど、この時ばかりは後悔の方が正しかったのだ。

後悔を完全に忘れるか、後悔を目の前に置いて己が罪に向き合うべきだった。

「【巨蟹の剣《サルタン》】」

その声と〈狂々帝《ルキフグス》〉が発動するカチリという微かな音を聞きつけた狂三は、己の直感に従って、咄嗟《とっさ》に【一の弾《アレフ》】を自分に撃った。

部屋の壁が一瞬強く輝いた。

それが横薙《な》ぎの斬撃であることを理解した狂三は、当然のように、その軌跡を回避するために後方へと跳んだ。

反対側の壁に、体を押しつける。斬撃が目の前を通り過ぎる。不思議なことに、壁は破壊されていない。そういう剣技なのだろうと見当をつける。

だが、次の瞬間。予測が的外れであることを思い知った。狂三が、その行動を取った理由は偶然の配剤だった。斬撃によって壁は破壊されなかったが、室内にあったものは破壊されていた。

転がった小さな猫の人形は、狂三が何かの土産で買って紗和に渡したものだ。ほとんど無意識に、それを拾い上げようとして狂三は体を前へ屈《かが》めた。

斬撃——しかも逆側の壁から。屈み込もうとしていた狂三は、そのまま床に伏せた。通過する斬撃。それは直前に回避した前方の斬撃と激突した。

「な……」

有り得ない。部屋の両側の壁からほぼ同時に斬撃を放つなど、時間を停止しない限りは不可能だ。……いや、違う。彼女の〈狂々帝《ルキフグス》〉は空間を支配する技。

ならば今の斬撃は——。

　狂三は思考しつつ、もう一度部屋の中央に移動した。隅にいた場合、壁を透過してくる斬撃を防ぐのは難しい。

　かと言って、部屋を出るのは困難だと狂三は思った。この部屋にはドアが一箇所あるだけ。そこに移動すれば、紗和は気配を探知して廊下からドアに向けて斬撃を放つだろう。

　白の女王《クイーン》がかつて放った、空間を削り取る弾丸を思い出す。【巨蟹の剣《サルタン》】もまた、そういう特性の剣だと考えて然《しか》るべきだ。

　蟹《かに》――二つの斬撃――タイミングはほぼ同時。いや、ほぼではなく全く同じ。

　乗っていたテーブルが、みしりと音を立てた。跳躍と同時、狂三は体をひねってその場から離脱した。

　果たして狂三の予想通り、テーブルの真下から斬撃が発生すると同時、天井からも斬撃が発生して、かち合った。

　縦に回避するだけでは、間違いなく直撃だった。

「ですが、これで読めましたわ……！」

　紗和の放った【巨蟹の剣《サルタン》】は、空間を透過して挟み込む斬撃を発生させる能力だ。一撃放ったと同時、同一の斬撃が模造されて標的を左右から挟み込む。

　空間を透過する、という特性も含めて強力な奇襲剣技であると言えよう。

何しろ、紗和はただ斬撃を放つだけでいい。そうすれば、もう一つの斬撃が自然発生して回避しようとした標的を挟み込むのだから。

「でも、奇襲剣技ですわね。二度やったのは失策でしてよ」

狂三は確信する。法則性さえ看破すれば、斬撃がどこから発生するかさえ注意して目を配ればいい。自分を挟み込むようにして発生するのだから、見る必要もない。

次の一撃で、自分の正しさを確認する。同時に発生源に向かって〈刻々帝《ザフキエル》〉を放つ。狂三はそう決めて、次の一撃を辛抱強く待った。

果たして三回目の斬撃が、部屋の天井右隅から袈裟懸《けさが》けの軌道を描いて襲いかかってきた。そして、この斬撃と逆方向から同じ斬撃が襲いかかってくる。

回避と同時に、長銃と短銃を斬撃の出現方向へと向ける。

撃った。即座の六連射——手応えはあった。傷を負わせたという確信があった。この部屋から脱出する頃合いだ、と狂三は考えて。

「…………あ」

身動き一つ取れなくなった。

最後の斬撃で勉強机が破壊され、そこにあった写真立てがふわりと浮き上がった。

時崎狂三と、山打紗和のスナップ写真。まだ、空が血の色をしていると知らなかった頃。

無垢の幸福に包まれていた頃。時崎狂三が、手放してしまったもの。山打紗和が、奪われたもの。

先ほど脳の裏側に閉じ込めたはずの後悔が、まるで波濤《はとう》のように押し寄せてくる。

時間にして二秒。時崎狂三は凍り付いていた。これが、相手と相対した状態の戦いであれば、狂三も凍り付くより戦うことを選べたかもしれない。

しかし、部屋は無人だった。斬撃を三度回避し、狂三は反撃の一手を行ったことで微かな油断があった。

切り札の一つであるあの弾丸を自分へ撃ち込もうとして、時間が足りないことに気付く。

何故《なぜ》なら、既に紗和は弾丸を撃ち終えていた。

一秒で場所を移動し、一秒で装塡し、一秒で発射。

「――【射手の剣《ケシェット》】」

それは剣でありながら弾丸。弾丸でありながら剣。マッハ一〇を超える凄絶な速度と、領域ごと刳《く》り貫《ぬ》く破壊力を持つ、白の女王《クイーン》の切り札の一つ。

これまで使ってこなかったのは、状況がいずれも適切ではなかったからだ。

相対していれば気付かれる。

放つ前に対抗策を取られる。そして一度使えば、二度と使用はできまい。

――だが、今はその状況全てが最適化されている。

狂三は油断していた。狂三は紗和を見失った。狂三は空を見上げてしまった。狂三は〈刻々帝《ザフキエル》〉を使うべきタイミングで行使できなかった。狂三は天井のせいで、紗和が何をやろうとしているのかの理解が遅れた。

全てが、白の女王《クイーン》の追い風となる。

空間を統《す》べる彼女が、【射手の剣《ケシェット》】に求めたものは破壊。一直線に飛び、その通り過ぎた後は何も残らない、問答無用の一撃だった。

狂三は抵抗できない。抵抗できる技がない。この一撃より速い技が、狂三にはない。

「しっかりなさい『わたくし』！」

その台詞《せりふ》は、狂三ではない。分身体《ほかか》の狂三が発したもの。そしてその言葉を発するより先に、影からするりと抜け出た狂三がいた。一人くらいは、影に潜んでおいた方がいいと発案したのは誰だったか。この隣界における本体か、それとも分身体たちか。

彼女の姿を、覚えている。一〇年後の時崎狂三を模した、嫋《たお》やかな美女。

そして彼女は、この状況で唯一可能な行動を取った。

「あ――――」

庇《かば》った。

この隣界における本体である、時崎狂三を庇った。両手を伸ばし、その光を受け止めようとする。

(やめ……やめて……!)

言葉を発することもできない、強烈な光が襲いかかった。だが、それが『彼女』に届くことはない。ざくざくと串刺しにされ、その片っ端から死体は溶けていく。だがそれは盾だ。分身体は霧散し霊力となってその霊力が、ただのエネルギー体であるそれが、それでも、乾坤一擲《けんこんいってき》に賭けるために——エネルギー体のまま、ぶつかり消えていく。

やめろ、と言おうとした狂三の口はすぐに閉じた。

彼女の献身を、彼女の即決を無駄にしてはならない。

もちろん、こんな脆弱《ぜいじゃく》な盾——分身体の防護は時間にして一秒にも満たない。

だが、その一瞬で狂三は自身に弾丸を撃ち込んだ。

「——【一一の弾《ユッド・アレフ》】」

膨大な霊力、膨大な殺意、膨大な破壊エネルギー。

山打紗和、あるいは白の女王《クィーン》は天井はおろか家ごと吹き飛んだことに、満足げな気分で地を見る。

と同時に、時崎狂三を殺してしまったことを深く嘆く。親友を殺してしまった、何てことだ、とても悲しい、とても気持ち悪い、とても不愉快だ、とても絶望だ。

その恐ろしいほどの二面性を、山打紗和《白の女王》は、あるいは白の女王《山打紗和》は平然と受け入れている。隙があった。油断があった。だから殺した。

好きだった。心を許していた。だから殺された。

生命をチップにして、ゲームに勝利した。そのために、自分の家を焼き払った。そのために、時崎狂三が山打紗和をまだ想《おも》ってくれているという推定に全てを委ねた。

【巨蟹の剣《サルタン》】によって破壊された勉強机にあった写真は、必ず時崎狂三の目を引くと。

そうして、膨大なエネルギーが消え去った今、何も残っていない空間を見――

「――――は?」

今度は、山打紗和が油断した。驚愕《きょうがく》のあまり意識が断線し、愕然《がくぜん》のあまり動作が停止《フリーズ》した。何もない空間、何もかもなくしたはずの空間、【射手の剣《ケシェット》】で抉《えぐ》られて、ぽっかりと浮かび上がった球体空間に一人。

有り得ない、少女《モノ》が、立っていた。

銃を向けられる――思考が起動する。

引き金を引かれる――思考が行動を決定する。

弾丸が放たれる――回避しようと、足を動かす。

弾丸が迫り来る――宙に浮いていたことが、仇《あだ》になった。バックステップするだけなのに、ワンクッションの意識操作が必要だった。

弾丸が突き刺さる――それでも、一発の弾丸程度ならば問題ない。たとえ【七の弾《ザイン》】だとしても、彼女には自分を殺すに足る破壊力がない。

その予想は正しい。山打紗和は与《あずか》り知らぬことだが、時崎狂三は【七の弾《ザイン》】を行使しても、とある精霊を仕留めきれなかった。

何より、分身体が存在しなかったことが大きい。時崎狂三一人では、何をするにせよ女王を一息、一呼吸、一拍子で倒す手段がない。

その思考の安堵《あんど》を、紗和の更に奥底にある本能が否定した。

――では、どうして狂三さんが生きているの？

弾丸を喰《く》らいながら想う。そう、それがまずおかしい。彼女が生きていることがまず有り得ない。幸運でも犠牲でも、あの一撃を喰らって生きている理由がない。【四の弾《ダレット》】でも絶対に間に合わない、即死間違いなしの一撃。

——瞬間、すぐに気付く。

無数の知識、無数の情報が脳内電子網《インナーネットワーク》のように結びついた。

白の女王《クイーン》が別の時崎狂三に吐かせた、〈刻々帝《ザフキエル》〉の能力。

加速《一》、減速《二》、老化《三》、回帰《四》、未来視《五》、過去接続《六》、停止《七》、過去召喚《八》、時間無視《九》、記憶読取《一〇》、

そして時間跳躍を司《つかさど》る一一と一二。

しかし、時間跳躍は封印された弾丸。そも、隣界において時系列という概念は一定ではない。二〇年前に自分が死んだと自覚した準精霊が五年前に来訪し、一年前に迷い込んだ準精霊が一〇年前に来訪する。

従って一一と一二は使用しても意味がなく、何よりその弾丸を使うことによって得られる優位性など、存在しない。過去に戻って白の女王《クイーン》を殺害しようにも、過去という方向へ向かう方位磁針そのものがあやふやなのだから。

——だけど。けれど。しかし。

第五領域《ゲブラー》。炎と不毛と幻想の大地、ダンジョンがありスキルがあり渦巻く霊力で、自身の無銘天使を改竄《かいざん》することも可能な、究極試練領域。

改竄することも可能。

したのか。

この隣界で、その芸術的なまでに美しい〈刻々帝《ザフキエル》〉を。彼女は、欲に任せて。穢《けが》したというのか。

ああ——。

見ればすぐに把握できた。〈刻々帝《ザフキエル》〉の美しい時計盤、六が破損しているのは前からだが、一一と一二もよく見れば損壊……いや、改悪されている。孤高の美しさではなく、媚《こ》びた堕落したような装飾数字《フォント》に切り替わっている。

そしてその文字盤で、一二が燦然《さんぜん》と輝いていた。

この弾丸は何だ。相手を停止させるのか、殺害するのか、時間に関することは間違いない。だが、たとえ停止されたところで自分は平気だ。勝てる。必ず勝てる。この弾丸に耐えて対策を立案すれば必ず逆転できる。耐えろ、耐えるのです山打紗和。

「わたしは／私は／わたくしは、こんなところで……終わらない……！」

その絶叫に、時崎狂三は首肯して呟《つぶや》いた。

「ええ、終わりませんわ。この【一二の弾《ユッド・ベート》】は始まりの弾丸。あなたを打倒するために鋳造した、わたくしが練り上げた弾丸なのですから」

そうして、紗和の胸に弾丸が捻《ねじ》り込まれる。

苦痛《いたみ》はない。調子が狂うこともない。時間が加速したり減速したりすることもなく、停止した様子もない。

ただ――。

「え？」

落下した。落下していた。いや、自分が宙空《そら》から墜《お》ちているのではない。体も視界も変わらず、白の女王《クィーン》の肉体は今もそこにある。

失墜しているのは己の意識。深海に引きずり込まれるような感覚に、山打紗和は久しく感じなかった恐怖を知覚する。

堕ちることへの恐怖、自分が存在してはならない領域に放り出される恐怖。

それが、山打紗和にとってこの第一領域《ケテル》で知覚した最後の感情だった。

○Farewell My Friend

着地した。

底なしだと思っていた落下は、意外なほどに早く済んだ。だが、と紗和《さわ》は周囲を見回す。

ここは第一領域《ケテル》ではない、と早々に理解する。暗黒の空間には硬質な硝子《ガラス》の床と、真っ白なラウンドテーブルとそれに合わせた椅子が二脚。

「お待ちになりまして？」

「……待ってない……けど……ここ、どこなの？」

さすがに困惑した様子で、紗和が言う。

「その前に。わたくしは〈刻々帝《ザフキエル》〉を持っていませんわ。そして、そちらには〈狂々帝《ルキフグス》〉もありません」

「……わ、本当だ」

手のひらを見る。

〈狂々帝《ルキフグス》〉がない。武器がないことに不安は感じるが、より不安を感じるのは、この場の状況そのものだった。

「ええと……どう、すればいいのかな？」

「それは、どうすればわたくしを殺せるか。あるいはどうすれば勝てるのか、というご質問でしょうか？」

「それはまあ、そうかな」

そのために、ここまで来たのだし。と紗和は言う。

「——できますわよ、もちろん」

狂三《くるみ》は言って、くすりと笑う。その笑いには信頼があり、紗和は何となく戦ってはいけないのだな、と悟った。

椅子に座る。テーブルの向こう側には、時崎《ときさき》狂三。

「それで、どうすれば勝てるの？」

「その前に、元々この弾丸がどういうものなのか説明させてくださいまし」

狂三と紗和の間に、突然ティーポットが出現した。立ち上がった狂三は、優雅な仕草でティーポットの紅茶をカップに注ぐ。

「砂糖は二つ、ミルクは一つ。……で、よろしいんですの？」

「うん、そうそう。味覚はあまり変わってないんだよね、わたし」

狂三の問い掛けに紗和は苦笑する。和やかな空気、和やかな気配、和やかなお茶。

差し出されたお茶を、紗和は特に躊躇《ためら》いなく口にした。今さら、毒を疑うような関係性でもない。

「あ、美味《おい》しい」

「ええ、アッサムお好きでしょう？　もっとも、味は思い出のものなので再現できているかどうかは分かりませんけれど」

「ううん。多分、こんな味だった」

「そう」「そうだよ」

互いに笑い合う。

そして、狂三は静かに告げる。

「貴女《あなた》が撃ち込まれた弾丸は、【一二の弾《ユッド・ベート》】。能力的には【七の弾《ザイン》】と、【九の弾《テット》】と、【一〇の弾《ユッド》】の合成というところでしょうか」

「……停止《七》、時間無視《九》、記憶読取《一〇》の三つの合成……」

――なるほど、と紗和は納得する。

「ここは精神世界みたいなものなんだね。時間が停止して、互いの記憶が共有化された場所……みたいな感じかな」

「……紗和さんの洞察力は、ちょっとホラーですわね」

狂三もわずかに笑みを引き攣《つ》らせた。弾の能力を把握されているとはいえ、一瞬で回答されてしまっては立つ瀬がない。

「ひどいなぁ」

紗和は——相変わらず白の女王《クイーン》の顔のまま、少しふて腐れたように頬を膨らませた。

「ともあれ、紗和さんの推察で合っていますわ。ここはわたくしの精神世界、そして紗和さんの精神世界」

「なら、やっぱり殺し合えるんじゃない？」

「いいえ。殺し合うことはできません。わたくしを殺せば、そして紗和さんが死ねば。この世界はこのままです。永遠に出ることが叶《かな》わぬ牢獄《ろうごく》となります」

その言葉に、紗和は沈黙した。

虚偽ではない、と紗和は信じた。それが狂三のハッタリなどと考えることは、微塵《みじん》も思い付かなかった。

この時、この状況下で、どれほど危険だろうと。時崎狂三は嘘《うそ》をつかないと把握しているからだ。

「なら、あえて殺したり死ぬって手もあるよね」

「それ、勝利とは言えませんわよ」

「……わたしが勝ちを求めていると思う？」

その言葉に、微《かす》かに狂三は眉をひそめる。確かに、彼女が本当の本当に……時崎狂三への復讐《ふくしゅう》に身を費やす決意があるのならば、それもまた手段の一つかもしれなかった。

紗和は顔をしかめる、周囲が少しぐらりと揺れた気がした。

「その覚悟は、していますわ。そのリスクを背負ってでも、わたくしは――」

「狂三さんは？」

「……いえ、話を続けましょう。【一二の弾《ユッド・ベート》】のルールについて」

狂三は再びこの弾丸についてのルールを滔々《とうとう》と説明する。流れるように、唄うように。

「心の勝負です。わたくしの心が折れれば、わたくしの世界《せいしん》が崩壊する。現実のわたくしは物言わぬ人形となり、あなたは勝者として凱旋《がいせん》する。今、少しわたくしの背後が揺れたでしょう？」

「心の動揺が、そのまま表れるんだね。うん、理解できた。なら、一つ質問」

「ええ、何なりと」

「――狂三さんの、勝利条件は何？　わたしを殺すこと？」

「いいえ。わたくしの勝利条件はただ一つ。山打《やまうち》紗和と、白の女王《クイーン》の分離を成立させることですわ」

その言葉に、今度は紗和の世界が揺らいだ。

「……できる、はずがない」

「いいえ、可能ですわ。山打紗和と白の女王《クイーン》は、共犯者として結びつきました。けれど、それは思想や思考全てが合一に至った訳ではない」

――だってそうだ。山打紗和は普通の、ごくごくどこにでもいた少女で。白の女王《クイーン》は、どこにもいない孤高の反転体。

二人が結びついているのは、偏《ひとえ》に時崎狂三への復讐という目的のみ。

「ですから、可能だと判断しましたわ」

「……山打紗和を、信じて？」

「ええ。紗和さんを信じて」

揺らぎはすぐに収まった。紗和はくすりと、意地悪い笑みを浮かべる。

「本当に、わたしを信じていいと思っている？」

狂三は微笑《ほほえ》む。

既にして、山打紗和はこの世界のルールを理解している。動揺させ、説得され、心が折れた方が敗北する。

銃も、弾丸も、軍刀《サーベル》も、刃《やいば》も、何一つとしてない最後の戦い。

「それでは紗和さん。最後のデートを始めましょう」

——否《いな》。それは戦いというよりも。

デートと、そう呼ぶべきものだった。

◇

「こうして落ち着いて話す日が来るなんて、思わなかったよ」

「ついさっきまで、殺し合っていましたから仕方ありませんわね。紗和さんの顔が紗和さんではないこと以外は、昔に戻ったようですわ」

「戻りたいの？」

「……難しい質問ですわね。確かに戻りたい、と思うことはありますわ。わたくしは分身体ですから、戻れば消えてしまう身ですが。それでも、本体と思考は然程《さほど》変わりはないので。わたくしが本体と仮定しての答えになりますが。半分くらい、でしょうか」

「残り半分は？」

「わたくしたちには、罪があります。その罪をなかったことにするのは、あまりに図々《ずうずう》しいと思いませんこと？」

「そうだね。——わたしを殺したことも罪？」

微かに息を呑《の》んだのは、どちらだったのか。

「ええ、もちろん罪ですわ。しかも、それはただ紗和さんを死なせたというだけではありません。紗和さんが犯した罪も、わたくしに責があります」

「──ふざけないで」

動揺というよりは、憤怒《ふんぬ》で紗和の世界が揺らいだようだった。

「勝手に殺しておいて、勝手に責任を感じるなんて。ありえない」

「では、紗和さんの罪は紗和さんのものでしょうか？　わたくしが紗和さんを殺害しなければ、あなたが準精霊の誰かを踏みにじることもなかったのでは？」

互いの世界は揺らがない。罪は罪、罰は罰、贖《あがな》いは贖い。そして、責は責。

「それは結果論だよ、狂三さん。わたしが殺すことを選んだの。わたしは倫理を捨てて感情と生存を取った。狂三さんに背負われるのは、嫌だ」

感情は復讐。生存は欲求。

「……そうですの」

「そうだよ、狂三さん」

「では仮に。わたくしが死んだ後も、それを繰り返すおつもりですか？　復讐が成立してしまえば、紗和さんの目的は失われるというのに」

「――――――」

沈黙。微かに紗和の世界が揺れ動く。

「目的は、あるよ」

「紗和さんの目的は、生き延びることですか？」

「王を迎えて、この世界を壊すこと」

「それは過程の話ですわ。世界を壊した後は、生存を諦めてしまうのでして？」

「……かもしれない。狂三さんが死んだ後は、どうなったって構わない」

無責任だ、と弾劾するのは簡単だった。

でも、山打紗和は世界に責任がある訳ではない。大いなる力に大いなる責任は伴うとしても、彼女は英雄ではない。そうあろうと決意した訳でもない。

「それは本当に、山打紗和の意志ですの？」

「……そうだよ」

背後で揺らぐ紗和の世界が、狂三にそれは嘘だと教えていた。

「紗和さん。あなたは――本当は、止《や》めたがっているのではありませんの？」

「まさか。根拠は？」

「かつてあなたは、優しかった」

「それだけ？」

「人が好きで、学校が好きで、ご両親が好きで、猫が好きで、世界が好きだった。そんなあなたが、世界を滅ぼすことを選ぶとはどうしても思えませんわ」

「それは昔の山打紗和でしょう」

「今も昔も、人はそれほど劇的に変わりませんわよ。唯一信じられるのは、紗和さんがわたくしを憎んでいることだけ」

「――――」

沈黙。世界がまた揺れ動いた。

「だから、わたくしは貴女を説得するのです。世界を滅ぼしてはいけません」

「道徳の授業みたいだね。人を殺してはいけないのは、どうしてですか？　とか問い掛けそう」

「道徳もバカにしたものではありませんわ。だって、人を殺したら悲しいでしょう」

「悲しくない人もいるけれど」

「あなたは悲しむでしょう。他人なんて、どうでもいいですわ」

「……そうだね。悲しむかもしれない」

「そこが、白の女王《クィーン》と異なるのです」

瞬間、紗和の目が細まった。それを見て、狂三は悟る。

——今、わたくしは間違えた気がする。

でも何を間違えたと言うのだろう。白の女王《クイーン》と山打紗和は違う。それは、狂三にとって当たり前のことだった。

当たり前を、疑いなさい。

そんな警告が、狂三の内側に響いて消える。

「ねえ、狂三さん。白の女王《クイーン》だって違いはないよ。反転していても、むしろ反転しているからこそ、慈悲の心があるとは思わない？　狂三さんとは違って」

「わたくしにも慈悲くらいはありますわよ？」

ふて腐れたように、狂三は反論する。

「ないよ。だって究極の話。世界と『彼』を天秤《てんびん》にかけたら、どちらが大事？」

「それは——」

それは、どちらが正しいのだろう。

時崎狂三の世界が揺れて動く、一際《ひときわ》激しく。

「狂三さんは、世界じゃなくて彼を取る人。世界が滅んでも、好きな人の生命を優先する。わたしもそう。世界が滅んでも、目的を優先する。ほら、違いはないでしょう？」

「――――」

沈黙。反論しようとして、言葉が出てこない。

「だから、わたしは目的を優先する。世界が滅んでもいい。あなたが滅ぶなら構わない」

紗和が立ち上がる。

「どこへ行きますの？　話はまだ――」

「続くよね。でも、こんな殺風景な場所は嫌だから。場所を変えましょう」

紗和は腕を軽く振ると、自分に有利な戦場《フィールド》を選んだ。杏桜《きょうおう》女学院の廊下。行き交う生徒まで再現するあたり、そつがないと狂三は驚く。

生徒の顔はさすがに薄ぼんやりとしているが。

「さ、狂三さん。歩きましょうか、かつてのように」

紗和はそう言って歩き出し、慌てて狂三はその傍《かたわ》らに寄り添う。それはかつてあった光景であり、二度と取り戻すことができないものだ。

記憶には残っていないのに、体が覚えている。

「それで狂三さん、あなたは分身体ですよね？」

「……痛いところを突いてきますわね。その通りですけれど」

「今さら、本体が本物で分身体が偽者《にせもの》だなんて言う訳はないですよ。過去の座標の一点を切り取られただけだとしても、時崎狂三さんが時崎狂三さんであることに変わりはないのだし」

「ありがとう、ございます……？」

戸惑いつつも、狂三は礼を言う。

「でも、こうも言えるよね。現実の世界に時崎狂三は存在するのだから、ここにいるあなたは不要です」

「あなたが隣界《りんかい》の崩壊を企《たくら》む限り、有用だと思いますけど」

そう、と紗和は返答して——不意を突くように、告げた。

「なら。あなたを倒した後は、わたしも滅んでいいですよ」

「……え？」

世界が、激しく揺らいだ。

「もう一度言います。わたしにとって、狂三さんは一度殺せればそれでいい。満足です。世界なんてどうでもいい。あなたを殺すことができれば、それで終わり」

「そんなはず、ないでしょう……！」

「——確かに、わたしは色々と策していました。王《キング》である[redacted]を隣界に呼び、エンプティや準精霊を構成するエネルギーを全て王の下へ束ねて世界を改竄する。時間を巻き戻すことはできなくとも、わたしの生きていた世界に改竄《かいざん》することは不可能ではないはずだからです」

「『蹂躙戴冠《じゅうりんたいかん》』──」

「うん。でも、ここで狂三さんが死ぬのならば。それは捨てちゃってもいいかな。もちろん支配者《ドミニオン》たちがわたしの命を求めるなら、叶《かな》えてもいい」

わたくしが死ねば全てが解決する。

「──どうする？」

「か、」

考えさせて欲しい、と言おうとして狂三はギリギリで踏み止《とど》まった。その言葉を発した時点で、恐らく狂三の心は折れた。

狂三は死に、紗和が勝利する。もちろん、彼女が約束を守るのであれば。その後ですぐに山打紗和も死を選ぶことになる。

そして、狂三は山打紗和が嘘《うそ》をついているとは思わなかった。彼女は多分、本当に死んでもいいと思っている。

だが──。

「その言葉は、きっと真実ですわね」

「そうですよ、もちろん」

「でも。わたくしが死んだ後にそう思っているとは限らない。紗和さんが気紛《きまぐ》れに生きることを選べば、それで全てが終わります」

「わたしは約束をちゃんと守りますよ」

「わたくしと違って？」

その諧謔《かいぎゃく》的な冗句に、紗和は苦笑した。

「……狂三さんは、約束を守らなかった訳じゃないでしょう」

「わたくし紗和さん以外にも、不義理は山のように働いていまして……」

――会いたい人に会えていない。

――別れたくない友達にそう告げていない。

目の前に、倒すべき敵がいるのに殺意を向けられないのも、不義理と言えば不義理かもしれない。

雑踏のざわめきで、不思議と気持ちが落ち着いた。やはり、死ぬのは論外だ。

「先ほどの提案ですけれど。やっぱりお断りいたしますわ。わたくし、まだ生きて見たいものがありますし」

「例の人？」

「それがまず、半分……いえ、八割の理由です。残り二割が紗和さん、あなた」

「……わたしを救いたい、とか言わないでよ狂三さん」

「言いませんわ。わたくし同様に、あなたも救うことはできませんもの」

廊下のざわめきは、休み時間を過ぎてもなお続き。チャイムが鳴ることもない。

廊下の端まで歩いた二人は、どちらからともなく屋上への階段を上り、重い鉄扉《てっぴ》を開いた。

「あら、まあ」

ふわりと、爽やかな風が吹いた。本来あるはずの飛び降り防止用のフェンスがない。

「ない方が、見晴らしはいいですしね」

「それについては異論の余地がありませんわね」

どこどこまでも続く蒼穹《そうきゅう》と、狂おしいほどに大きな入道雲。美しかった。たまらなく、美しいと狂三は思った。

「では、続けてよろしいですか？」「もちろんですよ」

そう言って、狂三と紗和はベンチに座る。

「紗和さん。前々から疑っていた……いえ、疑うほどの長い交流が彼女とあった訳ではありませんので、ただの推察ですが」

「うん。なあに？」

「反転体の人格なんて、本当は存在しないのではありませんこと？」

──言うべきか言わないべきか、迷い続けていた事。

前々から、多少の引っ掛かりはあったが先ほどの問答で確信してしまった。紗和に対して『白の女王《クイーン》と異なる』と言った時の、あの不快とも悲哀ともつかない、困ったように眉をひそめた顔。

あれは、多分。異なっていない、と言いたかったのではないだろうか。

「紗和さんが操っていた複数の人格は、紗和さんが作り上げたもの。反転体としての力は〈狂々帝《ルキフグス》〉とその容姿以外、もう何もなくなっている。……そうなのではありませんの？」

「……そうだよ。わたしはここに落下してきてから、ずっとずっと山打紗和だった。違うのは見た目と能力。だってほら、現実だとわたしは、」

炎の塊になっていたから。

山打紗和の心からは、身体情報が致命的に欠落している。

「だから、なんだと思うよ。わたしは確かに山打紗和だけど、それは心だけ。精神だけ。過去の記憶だけ。人間って、案外肉体に引っ張られているものなんだよ」

「肉体に……？」

「わたしのお父さんは、真面目で優しくていつも笑っている人だったけど。車に乗ると、少しだけ怒りっぽくなってた。ちょっとしたことで舌打ちしたり、イライラしてハンドルを指で叩《たた》いたり」

よくありますわね、と狂三は頷《うなず》いた。

「機械の肉体を手に入れた人間の性格が変貌する、ってSF的なお話があるでしょう？　あれと同じ。人は、肉体という器によって魂も変質するんです」

「では、反転体の心は――」

「ないですよ。契約を交わして満足しちゃったのかもしれません。あるいは、人格を維持するというのは、結構大変なことなのかも。憎み続けるのって、案外大変なんですよ」

「ですわね」

しみじみと狂三もそれは感じている。例えば――有り得ない仮定ではあるが。

時崎狂三の運命をねじ曲げた、あの女が許しを乞うたとして。どんなにこちらが弾劾しても、全てを受け入れるなら。そして彼女の罪に相応《ふさわ》しい刑罰が執行されるなら。

憎むことは、止《や》められたかもしれない。

もっとも、そんな仮定はどうも有り得ないらしかった。彼女は暗躍し続け、狂三はそれを追い続けた。

憎しみ以外の使命感。

騙《だま》されて犯した罪への贖罪《しょくざい》。

それらがなければ、時崎狂三はいつか膝を折っていたかもしれない。あるいは、何もかもをすっかり忘れて、穏やかに生きる道を選んだかもしれない。

けれど、それはあまりに無意味な仮定だった。

そして逆に。山打紗和は、

「紗和さん。わたくしのこと、憎くありませんの？」

「憎かったはずなんですけどね。うん、憎いはずなんです。何度も何度も言い聞かせてましたから。わたしは悪くない、悪いのは狂三さん。狂三さんが悪いから憎くて、だからこれもあれも全部！　悪いのは狂三さん！」

そう投げやりに叫んで、不意に紗和は空を見上げた。

狂三にも理解できる。今の台詞《せりふ》は、心の底から思っている訳ではない。むしろ逆だ。

そう思えないのだ。そう思い込もうとしても、そう思えないのだ。

悪いことをしました。

許されないことをしました。

今も、そうしています。

悪いことをしているし、許されないことをしているのです。

罪にも問われず罰も与えられません。

けれど、内側に軋《きし》むものがあります。

誰もが持っているけれど、誰もが侮《あなど》るもの。強すぎれば無視できる、弱すぎれば向き合えないもの。

それを、人は良心と呼ぶのです。


「なーんて。わたし自身が、そう思ってないんです。いえ、思えなくなりました」

互いの世界が揺らぐ。紗和はあけすけに本心を語っているのが、狂三にも理解できた。

「あなたに会って、恨み言をぶつけて、わたしの罪を狂三さんに擦《なす》り付けて、そして殺すつもりだったのに。わたしにできたのは、恨み言くらいでしたね。だからもしかしたら、わたしはただ——狂三さんに会いたかっただけかもしれない」

「止めてくださいまし。わたくしの心が折れそうですわ」

狂三は、両手で顔を覆う。山打紗和のそれは、本心からの言葉だった。

結局、紗和が言ったように憎み続けるには膨大なエネルギーと何よりも大義名分が必要だった。許せない、ではなく。許してはならない、でなくてはいけなかったのだ。

「わたしも折れそうだよ」

紗和は苦笑した。

穏やかな空気は、あの時のまま。なのに服と容姿と過去だけが絶望的に隔たっていた。

「ねえ、狂三さん。さっきの提案は忘れてください。それで、こういうのはどうかな？」

からりとした声で、紗和が言う。


「──一緒に、死なない？」


長い沈黙。狂三の心は揺らいでいる。罪、罰、贖罪。そんな言葉が浮かんでは消える。

目の前には変わり果てた友人。そして彼女の目の前には変わり果てた時崎狂三《ゆうじん》がいる。

「少し……」

先ほどかろうじて回避した言葉を、狂三は告げた。

「少し、考えさせてくださいまし」

◇

そうして、紗和と狂三は何となく距離を取った。紗和は屋上に残り、狂三は教室へと向かうことにした。

心が折れかかっているのが分かる。屈服というよりは諦観。絶望ではない、むしろ希望に近いものがある。

それでも、あの人に会いたいという一念でここまでやってきたけれど。

やってきたのに。

ここに至って、山打紗和と心中するのも悪くないと考えている自分がいる。

だって、彼女はずっと辛《つら》かった。訳も分からず怪物にされ、訳も分からず友人に殺され、顔を奪われ、過去を奪われ、ずっとずっと一人だった。

やってきたことは、何もかも絶対に許してはならない邪悪だけど。

彼女のために磨《す》り潰された準精霊《しょうじょ》たちが星の数ほどいるけど。

それでも死ぬというのであれば、そこで話は終わる。罰も贖《あがな》いも、全て。

ひとりぼっちで死ぬのは、とても寂しい。それを、時崎狂三は知っている。あの影に落とされたときの、胸を締め付けられるような感覚を。

二人なら、少しは寂しくないかもしれない。

白の女王《クィーン》は死亡する。隣界は存続する。理想的な結末だ。

「あの人に、会いたくなんてありません」

嘘《うそ》をついた。

「名前も覚えてないのですから。顔だって朧気《おぼろげ》です」

嘘をついた。

「まだ好きだなんて、しつこいと思います」

これは少しだけ本音だった。我ながら、しつこいと少しだけ思っている。

「そもそも初恋なんて、実らないものですし」

自分に常識を説いた。

「それに、それに、それに――わたくしがいなくとも、あの人には『時崎狂三《わたくし》』がいるのですから」

戦って、戦って、戦い続けて。周囲全てを巻き込み傷つけて、傲然と立ち上がった。

そして置き去りにした罪が、共に赦《ゆる》しを得ようと誘《いざな》っている。

時崎狂三がただ一人ならば、そんな声に耳を貸さなくてもいい、と狂三は思う。

けれど、『わたくし』たちは一人ではない。少なくとも現実の世界において、時崎狂三というのは、そう珍しくはないのだ。

あの方にとっても、きっとそうだろう。たった一日、いや半日過ごした程度の少女を、記憶に留《とど》めているはずがない。

……それでも、姿形が違えば覚えていてくれる可能性はある。

でも、自分は時崎狂三の分身でしかない。『ありふれた時崎狂三』の一人でしかない。

再会しても、わたくしという個人を特定できるはずがない。

忘れ去られるのも、本当は誰なのか理解されないのも、どちらも辛い結末だと想《おも》う。

なら。

それなら。ここで終わっても。いいのかもしれない。

狂三は再び屋上に向かい、ぼんやりとしている紗和に、一つ頼み事をした。

「わたくしたちの街を、再現できまして？」

もちろん、と彼女は笑って狂三と紗和の家と、狂三と紗和の学校と、狂三と紗和の通学路を蘇《よみがえ》らせた。

無人の家、無人の学校、無人の街。

再び紗和と別れた狂三は、のんびりと街を歩く。

時崎狂三が失ったものが、何もかもここにあった。かけがえのない、大切な思い出。

自宅に戻ることにした。少しの逡巡《しゅんじゅん》の後、家のドアを開く。

「おかえりなさい、狂三」「おかえり、狂三」

「ただいま。お父様、お母様」

幻影を見る。

優しかった父と母。二度と会えない、会うことのできない二人。悲しんだろうな、苦しんだろうな。あんなに、善良に生きていたのに。

泣き出しそうになるのを堪《こら》えて、家の中に入る。戦い続けた日々に安息はない。それは当然だが、こうして自宅に帰ると理解できる。

人は、帰る場所を求める生物だ。どれほど粗末でも、どれほど壊れても、帰る場所がある、ただそれだけで微《かす》かな安心を得られる。

そこに、愛した者がいるなら尚更《なおさら》だ。

この第一領域《ケテル》の支配者《ドミニオン》となった山打紗和なら、幻影で父母を再現できるかもしれない。

少なくとも、頼めば作ってはくれるだろう。

それを虚《むな》しいと取るか、それでも喜ばしいと取るか。

……どちらでもいいか。懐《なつ》かしさに胸が締め付けられる。それは痛みとも哀《かな》しみとも喜びともつかない、複雑な感情だった。

永遠に、永遠にこうしていたい。ベッドに横たわって、安心して——怯《おび》えることなく、朝を迎えたい。

——ああ、でも。

ここには、あの人がいない。ここには、彼女もいない。

あの子は多分、泣くだろう。いや下手すると怒るかもしれない。勘の鋭い彼女のことだ、時崎狂三が彼女らしからぬ選択をしたと、憤《いきどお》ることすらあるかもしれない。

旅をした。

大変だったし、血なまぐさかったし、色々と痛い想いをしたこともある。

それでも、楽しかったかどうかと言えば——楽しかった。

下らないことを言い合って、下らないことで争って、下らないことでも「それが狂三さんの夢なら」と言ってくれた。

胸の奥の奥、どれだけ水をかけても消えることのなかった焔《ほのお》がある。

振り返る。

懐かしい思い出、懐かしい記憶、時崎狂三が失った——そして、もう二度と取り戻してはいけないもの。

「そうですわね。わたくしは、いつだってそうだった」

失ったのではなかった。選んで、捨ててしまったのだ。

無知だったことは認める、騙《だま》されていたことも認める。けれど、それでも。

あれは自分の選択であり、復讐《ふくしゅう》と贖罪《しょくざい》を選んだのは『わたくし』たちの総意だ。

誰にも認められないと思いながら、誰にも理解されないと哀しみながら。

……そこに現れたのが、あの人だ。いや、あの人もわたくしを認めた訳ではないけれど。

どこまでも警戒していたけれど。

狂三の過去を知って、狂三の想いを知って、それでも嫌悪《けんお》せず引くこともなく、正面から向かい合ってくれるとしたら。それはきっと、あの人くらいなのだろう。

少しだけ、力が蘇る。

辛くても、苦しくても、痛くても、不要だからと殺されても、ここまで足掻《あが》いたのは何のためか。

大切な望み。捨て切れなかった祈り。

――またいつか、会えますように。

そうだ。どれほど時崎狂三がいようとも、狂三本人がいようとも。あの約束を交わしたのは、あの時あの瞬間の、時崎狂三だけなのだ。

父と母の幻影に微笑《ほほえ》み、ぺこりと頭を下げる。

「ごめんなさい。お父様、お母様」

——好きな人が、いるのです。

——その人に会いたいのです。

——胸を張って、威張るように、誇りを持って。その人に、巡り会いたいのです。

歩き出す。父と母が引き留めるように腕を伸ばす。そのまま通り過ぎる。

ぽん、と背中を押されるような感覚。涙を堪える。幻影だ、幻覚だ、夢幻に過ぎない。

でも、もしも父と母がここに居たなら。そうして、無言のまま背中を押してくれる。

自分の子供が、幸福であれと。

そう祈ってくれると。

「さようなら、お父様、お母様。そして、かつてのわたくし」

玄関の扉を開く。二度と戻って来られないことに、泣きたくなるほどの感傷がある。それでも、歩みは止まらなかった。

山打紗和は、先ほどまでと同様に校舎の屋上で時崎狂三を待っている。時刻は夕焼け、黄昏《たそがれ》の時。空は橙《だいだい》色に染まり、薄暗い雲はまもなく夜が訪れることを知らせている。

提案を受け入れてくれるかどうか、というのは考えるまでもなかった。山打紗和が、様々な経験を経てここにいるように、時崎狂三も様々な経験を経てここにいるのだ。

道程は交わらず。

どこどこまでも別の道。

ふと、魯迅《ろじん》の「故郷」を思い出した。あれも、別の道を歩んで大人になった二人の子供の物語だった。

時崎狂三は恋をして、未来へと向けて歩き出した。

山打紗和は復讐を以《もっ》て、過去に踏み止《とど》まった。

あの二人の少年と同じように。もう交わることはない。

「──紗和さん、よろしいですか？」

狂三の言葉に、紗和はベンチから立ち上がる。告白を待つようだ、と紗和は少し苦笑いを浮かべた。

「どうしましたの？」

「ごめん。何でもないの。さ、話して」

狂三は深呼吸。胸に手を当て、その手で拳を形作り。唇は震えて、瞳は潤んだ。

「ごめんなさい。やはり、わたくしは。明日へと向かいたいのです」

たとえそれが、絶望的な未来であっても。何の意味もなく、死ぬ明日であっても。

立ち止まることは、できない。

そうなんだ、と紗和は応じた。互いの沈黙は一分もないけれど、永遠のようにも感じられた。

「うん、それなら仕方ない。わたしの……負けだね」

「……」

「謝るのはなしだよ。謝り合戦になりそうだから」

友人のときだって、そうだった。何か下らないことがきっかけで喧嘩《けんか》して、そして互いに自分が悪かったと謝り続ける。

「狂三さん」

「何でしょう」

「わたし、後悔していないんだ。全然。本当に許されないことを、幾つも幾つも積み上げてきたのに。それでも、後悔していない」

「わたくしも、似たようなものですわ」

後悔をしないために、前を向いた。後悔をしないために、立ち止まった。

「条件として。一つだけ、わたしの願いを聞いてくれる？」

「わたくしに可能なことなら……できるだけ」

紗和の願いは、狂三にとっては意外とも言えるものだった。特に自分で何かする必要はないので承諾したが、いくら理由を問い質《ただ》しても、紗和は柔らかく微笑むだけだった。

「それじゃあ、これでお別れだね」

「……ですわね」

思い出が駆け巡る。最初に出会ったのは、入学式だったか。いや違う。最初の席替えからのはずだ、と二人は思い出す。

本当に不思議なくらいに、息が合った。もちろん、互いに友達はいたけれど。一緒に帰って、一緒に遊ぶのは、お互いしかいなかった気がする。

恋をしていなかったので、恋に憧れる話をした。

互いの、思いがけない秘密を打ち明けた。泊まりがけで遊んだこともあり、二人で眠くなるまで話に興じたこともあった。

永遠の友情。永遠の友人。かけがえのない友達。

そんなものを得られた自分たちは、何て幸運なんだろう。そう、思った。

けれど、今の時崎狂三と山打紗和はそれらの記憶が曖昧模糊《あいまいもこ》としていた。長い月日が、過酷な戦いが、二人からその郷愁を奪い去っていた。

覚えているのは、ただ一つ。

「楽しかったね」「ええ、とても」

それで充分だった。それが全てだった。

紗和は瞼《まぶた》を閉じて、眠るように。狂三はその傍《かたわ》らで、手を握って寄り添うように。

「おやすみなさい、狂三さん」「おやすみなさい、紗和さん……」

狂三の声は、微かな震えがあった。そうさせたことを、山打紗和は少し悲しく思うし、嬉《うれ》しくも思う。


――旅の終わり。

――悪逆の終焉《しゅうえん》。


山打紗和は、白の女王《クイーン》は、夕焼け空に溶けるように消えていった。

世界が終わる。世界が閉じる。

崩壊ではなく、微睡《まどろ》みのように。世界はゆっくり、ぼんやりと消えていく。

時間が流れ出す。狂三が撃った【一二の弾《ユッド・ベート》】は山打紗和という少女に確実な終わりをもたらした。

死ではなく、停止ではなく、追放でもなく。

過《あやま》たず、その心を討ち滅ぼした。

長い、とても長いやりとりだったと思うけれど、離別には短すぎた気もする。

言うべきこと、語り合うべきこと、答えるべきこと、それらは全て済ませている。故に、あとは彼女の最後の願いを叶《かな》えるだけだ。

「響《ひびき》さ――――ん！」

大声でそう呼びかけると、慌てふためいた様子で響がやってくる。

「どっ、どどどどうしました狂三さん何かありましたか手助けが必要ですか！」

「いえ全く。響さん、紗和さん……いえ、白の女王《クイーン》があなたとお話ししたいそうですわ」

「……はい？」

響がこてんと首を傾《かし》げる。無理もない。白の女王《クイーン》と緋衣《ひごろも》響に接点は……まあ、あってないようなもの。あるとすれば、せいぜい捕縛されたこととか姿を真似《まね》されたこととか、割と互いに敵意を持っていたこととか。

「結構ありますわね」「そうですね！　今気付きました！」

白の女王《クイーン》は倒れて、身じろぎ一つしない。それでも、突然起き上がりやしないか、と響は狂三に視線を向ける。

「約束は守ると思いますわ」

「でも……いいんですか？　わたしが」

「紗和さんたってのお願いですし。何より、わたくしはもう別れを済ませたのです」

「そうですか……」

狂三は無言で紗和から離れていく。未練はないとばかりに、一度も振り向くことなしに。

そして代わりに、緋衣響は倒れた彼女と相対した。

「あのー……」

「こんにちは、憎たらしい人」

紗和はそう言って、くすくすと笑った。お互い様ですよ、と響は言いたくなったが……

彼女は死にかけている。それくらい、響にも分かる。五分も保《も》たず、彼女は消滅して隣界に拡散するだろう。

時崎狂三の勝利、という訳だ。

「あなた、死ぬんですよね」

紗和の問い掛け。響はむぅ、とふて腐れたようにそっぽを向いた。

「死ぬんでしょう？」

「それが何か？」

彼女には関係のないことだ。けれど、紗和は笑顔を消して真剣な表情で諭した。

「それが、狂三さんの傷になることを承知の上ですか？」

「え、いやだって……！」

――当たり前の話である。

時崎狂三は非情だし、残酷ではあるが。だからと言って、友人の死に何も感じないような少女ではない。

きっと傷ついて、泣いて、後悔する。それくらいは、響にだって理解できる。

でも、時崎狂三の傍《そば》を離れるということ自体、やはり響にとっては有り得ないことだ。

「死なない、かもしれないじゃないですか」

「いいえ死にます。絶対に死にます。間違いなく死にます。わたしが、保証しますよ」

「嫌な保証！」

「……生き延びたいですか？」

真剣に、嘘《うそ》は許さないと言うように。紗和が響を睨《にら》んでいる。

「当然です」

故に響は素っ気なく、簡潔に、そして正直に応じた。

生きたい、生き続けたい。かつて、陽柳夕映《ひりゅうゆえ》を失った時は復讐《ふくしゅう》に生きることができた。でも、時崎狂三との離別は——誰に復讐しても意味がない。

無意味、空っぽ、正真正銘のエンプティ。

「そう」

そして、山打紗和は告げた。煩悶《はんもん》と懊悩《おうのう》が、響に襲いかかる。

◇

緋衣響が戻ってきた。狂三が小首を傾げて、あどけない表情で響を見つめている。

これは「何をお話したのか、教えてくださらない？　さもないと色々とアレでしてよ？」というニュアンスを含めた動作である。

当然、響にもそのニュアンスは伝わっている。伝わっているのだが——。

「全てを話す訳にはいきません」

キッパリと響は告げる。響との付き合いも長い。狂三は彼女が頑として何も言わないと判断し、諦めるように肩を竦《すく》めた。

「白の女王《クイーン》……紗和さんは、どうしましたの？」

「消えましたよ、綺麗《きれい》さっぱり」

「……そう」

「そうです」

沈黙。呆気《あっけ》ないほどの別れだった気もするし、名残を噛《か》み締めるような長い離別だった気もする。

「地震……ではないのですね」

第一領域《ケテル》が揺れる。

「そうですね。隣界が、そろそろ終わるみたいです」

「……はい？」

響の言葉に、狂三が首を傾げる。彼女は今、何と言ったのか。

「現実世界との接続が断たれます。第一領域《ケテル》の支配者《ドミニオン》を引き継いだ者として、わたし緋衣響はその権力を行使し、隣界の全準精霊に判断を委ねます」

「判断……？」

「はい。留まるか、向かうのか」

——斯《か》くして、話は結末に至る。

——終わりのチャイムが鳴り、世界は巡ることなく。
つまりは、どこにでもある。
別れのおはなし。

○二つの道と一つの結末

緋衣響《ひごろもひびき》、曰《いわ》く。

『テスト、テスト。1、2、3。ただいま、マイクの、テスト中。ふぅ、ヨシ！ 皆さん、聞こえてますか。聞こえてますね。第一〇領域《マルクト》の皆さんは戦闘を中止、第九領域《イェソド》の皆さんはライブをひとまず中止してください。大事なお知らせです。なお、この放送は隣界《りんかい》の全領域全準精霊に届いているはずです。いわゆる直接脳内にお届け、ってヤツですね。わたしは、第一領域《ケテル》の支配者《ドミニオン》、緋衣響。そして第二領域《コクマー》の支配者《ドミニオン》雪城真夜《ゆきしろまや》、第三領域《ビナー》の元支配者《ドミニオン》キャルト・ア・ジュエー、第四領域《ケセド》の支配者《ドミニオン》アリアドネ・フォックスロット、第五領域《ゲブラー》の支配者《ドミニオン》、篝卦《かがりけ》ハラカ、第八領域《ホド》の支配者《ドミニオン》、銃ヶ崎烈美《じゅうがさきれつみ》、第九領域《イェソド》の支配者《ドミニオン》、輝俐《キラリ》リネムが今、この場にいます。各領域の準精霊なら肌感覚で分かりません、そういうの？』

『――さて、長らくご愛顧いただいた……いや何か違うなコレ。この隣界で、今から皆様は一つの決断を迫られます。具体的に言うと、現実世界と切り離されます。驚きましたか？ 驚きましたね？ 大丈夫です。落ち着いてください。深呼吸。……いいですね。では続けます。まず、このままだと隣界が消えるのは間違いありません。それは我々の責任ではなく、外部からの干渉によるものです。この隣界を作った偉い人か、神様か、あるいはそれ以外の何かが、この隣界はもう不要だろう……と思ったようです。でも、恐らくその何かは隣界がここまで別世界として成立していることを知らなかった。あるいは知っているけどガン無視した。……まあ、それはどうでもいいことです。大切なのは、現実と地続きである限り、この隣界は滅びを余儀なくされるのです。という訳で、話し合いの結果、現実との橋渡しである第一領域《ケテル》ごと切り離《パージ》しすることにしました。サクッと』

『……つまり、そうです。この世界は正真正銘、彼方《かなた》の世界とは外れた……異なる世界になります。逆に言うと、現実へと帰還するチャンスはもうすぐ失われるのです。よって、あなたがもし現実へ戻ることを望むのであれば。第一領域《ケテル》へ来てください。各領域の門《ゲート》は全て開放。第二領域《コクマー》から第一領域《ケテル》へと繋《つな》がっていますから、そこまで来てくだされば後は別途で指示を出します』

『正直に言います。現実への帰還は生半可な難易度ではありません。何故《なぜ》なら、もう既にご存じかもですが……わたしたちは、死んでこの隣界に堕《お》ちてきた可能性が高い。つまり現実に戻った瞬間に死ぬ、という結末が想定されます。仮に、肉体があったとしても……現実では、わたしたちは無力で可愛《かわい》いだけのキューティ美少女です。社会から切り離された状態で、突然現れるかもしれません。保護してくれるはずの親はとうに死んでいるかもしれない。想定し得る限り、あらゆる可能性が悪い方悪い方へと流れていきます』
『……それでも。現実に戻りたい、帰りたい、向こう側に行ってみたい。そう望むのであれば、第一領域《ケテル》へ来て下さい。どちらの道を選ぶにしても、悲しいのは同じです。ならば、せめて、あなたが決断を……後悔しないように。わたしたちは全力で、あなたたちを助けます。それでは、皆様。また会いましょう！』

隣界に激震が走った。その直後、各支配者《ドミニオン》からの指示が各領域に伝達されたことで、今の隣界全域に亘《わた》る通信が嘘ではないことが確認され、全ての準精霊たちが選択を迫られることになった。

決断する者、迷う者、決断してから迷う者、昨日と同じ明日がやってくる、と信じていたのが揺らいで迷うことすらできない者。

それでも時間は過ぎていく。刻々と、時間だけは過ぎていく。

——そうして。第一領域《ケテル》へ決断した者が集まった。

◇

緋衣響は最後に、時崎狂三《ときさきくるみ》と向かい合う。

「あら。もう終わりましたの？」

「はい。皆さんには大体の話をお伺いできました。後は、狂三さんだけです」

「わたくしだけ、とは限りませんわよ。まあ、いいでしょう。さあ、どうぞ」

狂三は両腕を組み、胸を張る。不敵な笑みは、やはり正義の味方というよりは世界の敵なのだろう、と響は何となく思った。

■時崎狂三

【時崎狂三は、この隣界の救世主なのだろうか。あるいは敵だったのだろうか。今となってはどっちでも良いことだ。偶然の出会い、偶然の共闘。わたしは、この人と友達になれたことを一生後悔しない。一生分の幸運を使った気がするが、そもそもわたしは何歳なのだろう】

それは、あなたが決めることですわね。響さん。

いやまあそうですけどー……よし、じゃあやりますか！　それでは早速、改めてお名前をお願いします。

時崎狂三、ですわ。

実は時崎と狂三の間にエヴァンジェリンとかアントワネットみたいなミドルネームが入ったりしませんか？

しませんわよ。

ちぇっ。経歴……は、今さらいいですよね。なのでちょっと質問を変えてみます。今まで隣界で戦って、一番記憶に残ってるものは？

んー……白の女王《クイーン》は抜きましょうか。それなら、ダントツで第九領域《イェソド》のアイドルバトルですわ。

意外なところ突いてきたな……。

人前であんなに歌って踊るなんて、初めての経験でしたので。ふふ、思い出すと少し恥ずかしいですわね。

しかしそう考えると、色々な場所に行きましたねえ。第四領域《ケセド》には行けず、第六領域《ティファレト》は通過しただけなのが残念ですけど。

アイドルとして歌い、水鉄砲で争い、ギャンブルして、推理して、冒険もいたしましたわ。考えてみると、ハチャメチャですわね……。

ですねー。でも、アイドルバトルが印象に残っていて良かったです。あれ、数少ないお役に立てた戦いだったので。

……ふむ。それは見解の不一致ですわね。響さん、これを機会にお伝えしておきますが。この隣界で、わたくしが戦うにあたり——あなたが、役に立たなかったことなど一度もありませんわよ。

ふえ。

どんな戦いにもついてきて、必死になって食い下がるあなたを見て、ここで敗北したら、あなたも無駄死に……などと考えると、ええもう、奮起せざるを得ないでしょう？　覚えておいてくださいまし。役に立たないと思っていても、ただそこにいるだけで勇気づけられる方が、世の中にはいらっしゃいますの。

……きょ、恐縮……です。うわ、やだ。顔赤いと思いますわたし。

あらまあ。

いやー、インタビュアーが逆に恥ずかしいことになるとは。さすが狂三さん、というところでしょうか。

何がさすがなのか、分かりかねますが……。それはそうと、第一領域《ケテル》の支配者《ドミニオン》である響さん。

はい？

その支配者《ドミニオン》の力は、紗和《さわ》さんから？

そうです。あの時、こっそりと継承しました。紗和さんがいなければ、隣界の危機も分からずじまいだったかもしれません。

終わりまでは後、どのくらいでして？

あ、ええと。……そうですね。体感の時間として計測するのであれば、一時間です。一時間後、隣界は現実から切り離されます。

遊びに行く時間は、なさそうですわね。

大丈夫ですよ、狂三さん。

うん？

遊びなら、終わった後でいつでも行けますから。ええ、ええ。何度も言いますけど、地獄の果てまでお付き合い、というやつです。

【その言葉に、狂三さんはくすくすと笑った。少しだけ悲しげに、けれど心の底から楽しい言葉を聞いた、というように】

これで、隣界でわたしがやるべきことは全てやったという気がする。後はただ、生きるだけだ。まあ、それが一番難しいのだけど！

◇

別れの時が来た。何もない空間にぽつんと、一つの巨大な門《ゲート》がある。これまで領域を繋いでいた門《ゲート》とは比較にならない巨大さで、とてもではないが人力で開くようには見えない。

が、響が腕を一振りするだけで門《ゲート》は微《かす》かに開いた。

先に満ちているのは光ではなく闇。向こうに行く、と決めた準精霊たちもその暗黒に満ちた行き先に怯《ひる》んだ。

「よし！」

そんな中、最初に行こうと手を掲げたのは輝俐リネムと絆王院瑞葉《ばんおういんみずは》、そして彼女についていく準精霊たちの一行。

振り向いて、彼女は叫ぶ。ありったけの音量で、残ることを決意した支配者《ドミニオン》やアイドルたちに、その想《おも》いを叩《たた》きつける。

「今まで本ッッ当にありがとう！　この世界で色々あったこと、絶対に忘れない！　一つ残らず、覚え続けてやるから！　みんな、愛してる！」

「私も。……私も！　この世界を、第九領域《イェソド》を、ファンの皆さんを、アイドルの皆さんを、心から愛してました！　本当にさようなら……！」

瑞葉が続いて、泣きじゃくりながら叫んだ。

「頑張れよー！」

ハラカの声援に、アリアドネと真夜が無言で力一杯手を振る様に、リネムも目元を緩ませる。ぐい、とそれを袖口で拭いて深々とお辞儀をしてから、ふと手元のマイクを見て、ひょいと投げた。

「あ」

それを、偶然第九領域《イエソド》の準精霊が受け取る。迷った末に居残ると決めた、無名のアイドルだった。

「あなたの人生に、幸あれ！」

リネムは受け取ったアイドルに極上の笑顔を残して、瑞葉は見る者全ての胸を締め付けるような泣き顔を残して、開いた門《ゲート》へと飛び込んでいった。彼女たちに続いて、慌てたようにスタッフやファンたちが続いて行く。

「では諸君。オ・ルヴォワール！」

そう言って、華麗な感じにキャルト・ア・ジュエーが手を掲げた。残ると決めたファンが悲鳴を上げ、一緒に行くと決めたファンも悲鳴を上げた。

「案外ファン多いですねキャルトさーん！」

「ふふふボクを何だと思っているのかな緋衣響！　よし、お前たちも行くぞ！」

『行くでござるござるよスペード君～♪』（スペード）『我々の意識が残るのか残らないのか、それが問題だ！』（クローバー）『大丈夫だと思うッス！』（ダイヤ）『神様叶《かな》えてくだ

さーい！』（ハート）

ワイワイガヤガヤと、ブレーメンの音楽隊を思わせる賑《にぎ》やかさ。キャルト・ア・ジュエーは最後の最後まで、華麗に身軽に隣界から立ち去っていった。

銃ケ崎烈美は気丈に涙を堪《こら》えていたが、扉に入る寸前に振り返って叫んだ。

「華羽《かれは》！　ずっとずっと好きだったよ！　この気持ち、死んでも忘れない！」

叫んで、泣いて、嗚咽《おえつ》して、そしてそれでも彼女はもう一度前を向いた。

がんばってください、と誰かが叫ぶ。その言葉に応じるように、彼女は背を向けたまま拳を振り上げた。

蒼《ツァン》はじっと、篝卦ハラカを見ていた。

「じゃあ師匠、ばいばい。お世話になりました」

「ん？　あたし、あんたの世話をしたかなぁ。あんたはどうあれ、一人でもやっていけると思ったけど……」

「そうじゃない。そういう事じゃ、ない。……師匠がいてくれて良かった。師匠と一緒に戦えて良かった。師匠がいたから、私は頑張ることができた」

ほろり、と蒼は涙を零《こぼ》す。ハラカはそれを見て、「ああ」と感嘆の息を吐き出す。分かっていたことではある、あるのだが。

「巣立ちは、辛《つら》いもんだねぇ」

「うん。私も辛い。でも我慢する。――貴女《あなた》に会えて、本当に良かった」

蒼は涙を拭いて、ハラカに満面の笑みを見せた。どうか、一番印象に残るのが、その表情であるようにと。

そうして、次々と隣界から離れる準精霊たちが門《ゲート》へと飛び込んでいく。姉妹のように仲が良かった準精霊たちも、あるいはライバルとして鎬《しのぎ》を削っていた者同士であっても、否《いや》応《おう》なく離別していく。

未来への不安、過去への寂寥《せきりょう》、それらが渾然一体《こんぜんいったい》となってこの場の雰囲気を奇妙なものにしていた。

通夜《つや》でもなく、祭りでもない。卒業式のようで入学式のようでもある。

泣く者がいる。笑う者がいる。励ますべく叫ぶ者がいる。怯《おび》える者がいる。そして、その怯えを克服しようとする者がいる。

別れ、別れ、別れ。

そうして、最後の二人になった。

「それでは、皆さん。これでお別れです！」

響の言葉に、周囲に集まった支配者《ドミニオン》やシスタスは厳粛に頷《うなず》いた。

「隣界、お任せしますね。皆さんなら、まあ多分大丈夫でしょう！」

「任された。緋衣響、どうかあなたにも幸運を。……大したものではないけど、お守り」

「あたしからも」

「わたしからも～」

真夜が本を渡した。ハラカが霊符を渡した。アリアドネは耳栓を渡した。

「耳栓？」

「枕を渡したかったけど、止められたからぁ」

「うんまあ、貰《もら》っても困りますねそれは……」

「私からはクナイを一つ。無事に向こう側へ渡りきることができたら捨ててくださって結構ですので。銃刀法とか怖いですし」

「いや捨てませんよ勿体《もったい》ない！」

「響さん」

「お、シスタスさんからは……お花？」

「ええ。どうか幸運を」

「……ありがとうございます！　さて、狂三さん」

狂三は響に頷くと、居残る準精霊たちに向き合った。そして、深々と頭を下げた。

支配者《ドミニオン》を含めて、彼女と関わった準精霊たちは当然面食《めんく》らう。

「驚きのところ悪いですが。……皆さん、本当にありがとうございました。わたくしは旅人としてここを訪れ、旅人としてここを去りますが……」

去来する思い出に少しだけ蓋をして、言葉を紡《つむ》いでいく。

「ええ。良い思い出ばかりとは言えません。ですけど、皆さんと関われて楽しかった。長い、長い旅はどこまでも楽しく、どこまでも続いていく気さえしていました。ですが、終わらない旅というものは、きっとないのです。あるとすれば、それは『終わらないこと』を目的とする旅に他なりません。わたくしの隣界の旅は、ここで終わる。でも、終わらせるから退屈な訳ではないのですわ。終わらせるから現実《むこう》が良いという訳でもないのですわ。……多分、それは……選んだ本人にしか分からない……どうにも複雑な心情だと思っていますの」

どちらの世界がより良い、という比較に意味はない。

そんなもので、準精霊たちは住むべき場所を選択しない。彼女たちは、ただ選んだのだ。善悪でなく、比較でなく、利益でもない何かを求めて。

「隣界に残ると決めたあなたがたは正しい。隣界を旅立つと決めた彼女たちも正しい。間違いなど、そこにはないのですわ……きっと」

狂三は深呼吸してから、最後の言葉を告げる。

「では皆さん。後の世界を、お任せいたしますわね」

狂三は小さく手を振る。応じる者、応じない者、哀《かな》しみに暮れる者、戸惑い続ける者、全員が友達という訳ではなく、友好的という訳でもない。

だが、彼女たちは紛れもなく同じ世界に生きた存在だった。隣で呼吸をして、存在を認識していた少女たちだった。

隣界の全てをひっくるめて、それらが愛おしいと。時崎狂三はそう思った。

――遅すぎましたわね。

いや、あるいはもっと早くに気付いてしまえば。自分の人生の選択もまた、異なっていたかもしれない。

遠い、遠い、あの夏の、あの一瞬を名残惜しみながらこの隣界を終《つい》の棲家《すみか》としたのかもしれない。

でも、そうはならなかった。

「シスタス」

「ええ」

「さようなら。かつての『わたくし』」

「ええ、さようなら……時崎狂三」

狂三は響の手を握り、とんと跳躍するようにその一歩を踏み出した。狂三と響の姿が、門《ゲート》の向こう側に消えると同時、ゆっくりと扉が閉まっていった。

そうして、しばらくの後。

現実の世界において、隣界という存在は消滅した。観測が不可能となり、一つの世界が崩壊した。現実に生きている人間は、誰一人として知らないけれど。

そこには、生を育む少女たちがいた。

◇

手を繋《つな》いで、無言で歩き続ける。

「どうか放さないでくださいまし」

「ええもうもちろん放したら二度と会えない気がしてなりませんからね！」

響の声は恐怖に上擦っている。

道が見えない。風がごうごうと音を立てて吹いている。灯《あか》りはない。ただ吹き荒《すさ》ぶ音だけしかない。

暗闇の荒野を、ぽつんと歩いているような気分。

自分が先に進んでいるかどうかも、分からない。

「狂三さん！」

「はい、何でしょう⁉」

「狂三さんは、現実に戻ったら何をしたいですか⁉」

「あら、インタビューの続きですの⁉」

「大体そんな感じです！」

「それはもちろん！　あの人に、会いに行きます！　ウェディングドレスで、全力疾走ですわね！」

「うわあ、怖い！　それは怖いですよ狂三さん！　っていうか重いわ何ですかそれ⁉」

想像して欲しい。

ある日突然、家や学校にウェディングドレスを着た少女《くるみ》が感動的なＢＧＭと共に走り出してくるのである。

怖い《フィアー》＆重い《ヘビー》としか言いようがない。

「おーもーくーてーなーにーがーわーるーいーのーでーすーのー！」

その抗議に響はげらげらと笑う。笑いながら、手の握りを強めようとする。

そして、気付いた。

手の感覚がない。握り締めているはずの、狂三の手の感触がない。

「狂三さーん！」

「なんですのー⁉」

声、声は聞こえる。声だけが、聞こえる。けれど、握った手はおろか自分の手も見えなくなっていた。

「わたし、ヤバいかもでーす！」

だから叫んだ。可能な限りの大声で、いるはずの狂三に向けて。

「響さん、ヤバいって何がですのー⁉」

「感覚がないんですー！　声しか聞こえないんですよー！」

沈黙。

風の音が、周囲を支配する。

「──ああ、本当ですわね」

その囁《ささや》きを最後に、声すらも途絶えた。

「あ………」

どくん、と不吉な予感に心臓が弾む。

「狂三さん？」

沈黙。

「狂三さん？　狂三さーん！　聞こえてますかー！」

沈黙。

「おね、お願いです。返事をしてください。狂三さん、ここにいるって言ってください。お願いですから……！　やだ、わたし、どこへ行けばいいのか、分からない……！」

走っているのか、歩いているのか、立ち止まっているのか。

あまりに暗闇が辺りを包んでいて、どうなっているのかも分からない。

ただ、立ち止まるなという本能からの警告だけは理解していた。

ほんのちょっと、気休めで、限界だと考えて。立ち止まった瞬間に、自分は死ぬ。

そんな予感がくっついているせいで、足だけは動かそうとしていた。実際は立ち止まった状態で、足を動かしているだけかもしれない――そんな幻覚をどうにかして振り払う。

前へ。

希望に満ちた明日へ。

後ろへ。

絶望に満ちた死の淵《ふち》へ。

どちらに向かって歩いているのか。歩いているのか。わたしは、歩けているのか。

緋衣響には分からない。風がゆっくりと強くなる。無意味な死、という言葉が脳裏からくっついて離れようとしない。

「ううううう……！」

唸《うな》りながら、泣きながら走る。

「やだ、やだ、やだ……！　助けて、誰か……誰か、助けて……！」

いつもなら、誰かが応じる。いつもなら、仕方ないというように狂三が手を出してくれる。しかし、彼女の姿が見えない。聞こえない。匂わない。感じ取れない。

どうしよう、どうすればいい。

答えが分からない。教えてくれる者もいない。

そうして。きゅうきゅうと、耳が痛くなるほどの風の音。自分が息を吸っているのか、吐いているのか、自分が生きているのか、死んでいるのか、それすらも消えた。

べきべきと心が折れる音がする。

魂は腐り果て、肉など元からなく。

緋衣響が存在を主張する余地はない。

死んでいて、消えていて、無くなっていて、虚無で、消滅で、絶望だった。

「――――あ」

まるで水死のような息苦しさに、気付けば響は足を止めて倒れていた。一度止めてしまえば、二度と立ち上がることも歩き出すこともできないと、理解していたのに。響は倒れてしまったのだ。

「ああ……」

やはり、無理だったのか。肉体を持っていない自分には、辿《たど》り着けない領域だったのか。

無人の荒野で一人、響は倒れ伏したまま。

それから響は、己の過去を思い出す。取るに足らない、小さな小さな過去を。

――緋衣響は、生まれついての空っぽだった。

この隣界にいつやってきたのか、いつ落ちてきたのか、いつ発生したのか、何もかもが曖昧で、知っていたのは自分の名前と無銘天使〈王位簒奪《キングキリング》〉だけ。

ぼんやりとあの頃を思い出して。

自分が、生まれたとき以上に何もなくなったのだと思い知らされた。

何しろ周囲には誰もいない。無銘天使もない。名前も、ひどく、曖昧だ。

緋衣響、ひごろもひびき、ヒゴロモヒビキ、響、ひびき、ひび――。

「後悔してる?」

——していません。

「どうして？　こんな苦しい死に方なのに」

ああ、その通り。水死に喩《たと》えたのは比喩ではなく、息苦しいからだ。魂が、生きることを止《や》めようとしている証《あかし》だ。

楽になりたい、と響は思う。ただただ苦しいだけの今から解放されたい。それができないのは。そうしたくないのは。

「時崎狂三のため？」

そうだ、と言おうとしてふと考える。今、わたしが戦っているのは。本当に、時崎狂三のためなのかと。

——少しだけ、違う気がする。

今まで、緋衣響という少女は時崎狂三の役に立つことが生きがいだった。彼女のためなら死んでもいい、というのは冗談でもなんでもなく。

でも、今は少し違うのです。

——わたしは、わたしのために、生きたい。

生きて、時崎狂三の横に並んで一緒に歩きたい。彼女の友達として、彼女の仲間として。

生も死も関係のない、どうでもいい雑談をしたい。恋の話とか、映画の話とか、そういう、どうでもいい、下らない話をして、笑いたい。

——それは、わたしの我《わ》が儘《まま》だけど。でも。

「もういいですよ。自己の欲望を肯定するのは、人間になる第一歩です。では、教えてあげましょう。人間のなりかたを」

——はい？　ってか、あなた誰？

「先ほど殺し合っていた、山打《やまうち》紗和……の残滓《ざんし》です」

——ざんし？

「んー、残り物というか余り物というか。まあ、あなたにとっては福みたいなものですよ。いいですか、響さん。あなたは、人間ではありません」

——え、あ、それはその、人でなしとかそういう意味で？

「違いますよ。どんなひねくれ方ですか。あなたは、正真正銘本当の意味で人間として存在していた訳ではないのです」

——えっと。

「以前捕まえたとき、魂の記憶を読み取ったんですよ。あなたは、エンプティたちの残滓が形を為《な》したもの。緋衣は誰かの苗字《みょうじ》で、響は誰かの名前、〈王位簒奪《キングキリング》〉も違うエンプティが身に付けていたもの」

──うわ、マジですか三身合体悪魔ですかわたし。

「……たった三体のはずないでしょう。恐らくあなたという存在を構成するために、一〇〇体以上のエンプティが関わっているはずです。あなた、色々なことに才能とか持っていませんでした？　それはエンプティたちがかつて持っていたもの」

──マジですか一〇〇身合体ですか……。

「他のエンプティたちが後天的に目的を見失って消えていくのに対して、あなたはその逆。あなたは生きるための目的が最初から存在しなかった。偶然によって生み出され、そして消えるはずの生命体。それが緋衣響です。いえ、でした」

──いまの、わたしは。

「体を構成します。言うなれば子作りのようなものですね。あ、すみません。ちょっと言い方がいやらしかったですね」

──わたし、初めてなんですけど上手《うま》くできるでしょうか……？

「ノリいいですねあなた。それはともかく肉体、と一口に言っても構成しているものは様々です。皮膚、爪、筋肉、神経、骨、血液、その他諸々《もろもろ》。でも、構成している物質自体は、大したものではありません」

──そうなんですか？

「ええ。結局のところ、人間を人間たらしめているものは肉体ではなく魂です。後はそれをどれだけ真摯に落とし込めるかどうか。あなたは今まで、一度も現実における肉体を考えて動いたことはなかったはず。でも、ここからはそれを踏まえた上で行動しなければいけません。それは、今まで生きていく上で無意識に省略していた動作を全て改めなければならない、ということです」

——もしかすると、もしかしてですけど。すっごくキツい？

「もしかしなくても、すごくキツいですよ。死んだ方がマシと思う程度には。あなたは心臓の動かし方すら分からないのですから」

今までのかりそめの生を全て否定し、一から創成しなければならない。胎児ですら無意識に行える動作を、意識しなければならない。どれか一つでも失念すれば、それは即、死に繋《つな》がる。現実世界において、呼吸せずに生きられる人間はいないのだから。

——でも心臓の動かし方って言われても……！

「わたしがいます。わたし、山打紗和は人間として生きていたのです。一〇一体目の残滓、という訳ですね」

——なるほど！　ところで紗和さん。

「あなたに紗和さん、などと呼ばれる筋合いはないと思いますが……それはそれとして、何でしょうか」

――いえ。もしかすると現実世界に行けたら、わたしは山打紗和になっていた……というホラーみたいなオチが待ってたりします？

「……」

――……。

「では時間もないことですし、スタートしますね。拒否するのは自由ですが、消滅することは請け合います」

――わ、ずっる！　いやいいですよ、もうこの際何になろうがしぶとくわたしは生きてみせますからね！

「……頑丈ですね本当に……。安心してください。山打紗和になることはないですよ。わたしは所詮、ただの一〇一体目でしかないのです。緋衣響という総体がある以上、それほど影響がある訳ではないですよ。ただ――」

――ただ？

「狂三さんに対する想《おも》いは、少しだけ重たくなるかもしれませんね」

――え、わたし自分でも存分に重たい自覚あるのですが。

「鬱陶しがられるレベルになりそうですね」

れるでしょう！

——まあ、いいか！　事情を洗いざらい話せば、狂三さんは何だかんだで甘やかしてく
「前向きですね、本当に」

呆《あき》れたように、紗和は——響の中にいる紗和は、ため息をついた。

「げほ、げほ、げほ！」

最初に知覚したのは、痛みだった。今まで体感したことのない、痛烈なもの。

「それが呼吸、というものですよ響さん。では、心臓を動かして血液を流しましょう」

「うひゃぅ……チュートリアル風に言ってくるぅ……」

けれど、痛みは何もかも鈍く暗黒に沈むようだった自分を蘇《よみがえ》らせてくれた。

呼吸する。心臓を動かす。血液を流す。それが、現実世界で生きるということ。

「暗黒なんかじゃないですよ。この道。あなたは、視覚で物を見ていないだけだったのですから」

圧倒量の光、目に焼き付くような痛み。

「生きる、というのは辛《つら》く、痛く、苦しいもの。それでも、頑張れます？」

「当たり前です！　げほ、くるし！」

声を出すだけでむせかえる。全てに重力があり、人の体には臓物があり、食物を消化し

糧《かて》とする。霊力はあっても、大多数の人間にとっては無意味な燃料だ。

隣界が天国なら、現実は苦界だろう。

ただ生きるだけで苦しいのだから。生きる意味を求めても意味がない。

そう、生きる意味があるのではなく。生きること自体に意味がある。それが、現実の世界というもの。

緋衣響という、無垢《むく》で、純粋で、悪辣で、気紛《きまぐ》れで、陽気で、陰気で、あらゆる少女のあらゆる残り物を少しずつ受け継いだ準精霊は。

今、ようやく。生まれて初めて。

生きるという実感を掻《か》き抱《いだ》いていた。

◇

眩《まばゆ》い光には熱があり、吸い込んだ空気はどこか濁っていた。

「――ああ」

意外なほどあっさりと、想定よりも楽なくらいに。時崎狂三は、隣界から現実へと帰還していた。

手にしていた〈刻々帝《ザフキエル》〉が、さらさらと塵《ちり》になっていく。ずん、と体も重たい。霊力は枯渇《こかつ》しかかっていて、割と死に体だ。

朝の日差し。どこからともなく聞こえてくる雑音。普段は気に留めない、アスファルトの匂い。

「帰って……きましたのね……」

そうして、はっと何かに気付いて背後を振り返る。誰もいない。繋いでいたはずの手はいつのまにか消えていて、一本道なのに彼女は姿を消していた。

声を出そうとして、踏み止《とど》まる。彼女の名前を呼んで、返答がなかったのなら。

それは永遠の離別のようで、なってしまいそうで、彼女の名前を呼ぶ勇気がなかった。

いつもであれば。響の方から叫んでくれるはずだ。

「狂三さごぐべっしゃぁ！」

そう、こんな風に叫んで――。

「響さん⁉　今のヒキガエルが圧《お》し潰れた悲鳴みたいな呼びかけは響さんですの⁉　いえ、まさかとは思いますが！」

「そのまさかで、す、よ……げほげはげへ！」

時崎狂三に遅れること数分、緋衣響というかつて空っぽだった少女たちは、一人の人間としてこの世界に生を享《う》けたのだった。

「あの、響さん？　いくらわたくしでも、ここは喜劇的《コメディチック》になってはいけないシーンだと理解しておりましてよ？　わたくしの名を叫ぶときくらい、真面目におやりになっては？」

「しょ、しょうがないでしょう⁉　わたしだって、もっと感動的な再会を演出したかったですよ！　でも！　わたし！　実は！　色々あって！　声帯から声を出すのは生まれて初めてなんですよ！　うえええええ目もチクチクするし深呼吸すると空気がどろっとしてるし何なんだよぅ……」

目の前にいる少女は緋衣響と、山打紗和と、白の女王《クイーン》のそれぞれに似ているような、似ていないような、昔からこんな顔だったような、そんなあやふやな顔だった。

ただ、そのあまりの騒がしさだけで理解できる。

彼女はどうあれ、なんであれ、間違いなく緋衣響だ。

「……ですよね？」

「いや、自分でも自分が誰なんだか分かりませんよ実は先ほど、いや先ほどと言っても実は一ヶ月くらい時間が掛かったんですが衝撃的な事実が発覚いたしまして！」

「え、は、え？」

響のテンションがいつにも増して高い、馬鹿高い。それはいいのだが、言っていることが微妙に意味不明である。

「いや、要するにわたしは人間じゃなくてえーと、群体とか集合体とかそういう類いの存在だったので、いかんせん肉体を構成しても呼吸も心臓を動かすこともできやしねぇ、という衝撃の事実が発覚したのですよ。で、しょうがないので紗和さんの最後に残った……残り滓《かす》というとアレなんで、残滓《ざんし》とカッコ良く言いますが、いや紗和さんを馬鹿にしている訳ではなく本当に残り物なので、えーとどこまで話しましたっけ。ともかく、わたしは緋衣響です！ 人間になったのは初めてです！ そして、何か色々な準精霊《たましい》が混ざってます！ でも！ 基本的にあまり何も変わってません、以上！」

あまりに右往左往する話に狂三は面食らっていたが、ひとまず重要な事実を抜き出した。

「……あなたは緋衣響であり、ちょっとだけ紗和さんでもある……ということですの？」

「まあ、そんなところです！ これからもご指導ご鞭撻《べんたつ》のほど、よろしくお願いいたします」

……なるほど。ではまず、やるべきことがあると狂三は思った。

「響さん」

「ふぁい？」

緋衣響を抱き締めた。綺麗《きれい》で力強い心臓のリズムが、狂三の体に伝わってくる。

生きている。間違いなく、緋衣響は生きてここにいる。

戸惑っていた響だが、やがてふぅ、と息を吐いて狂三の体に両腕を回した。

「……狂三さん」「なんですの、響さん」

「泣きたくなりました」「ああ、奇遇ですね。わたくしもです」

「じゃあ、いっせーのせで泣きますか」「響さんにしては名案ですわ」

「はい」「それでは」

いっせーの。

そうして、時崎狂三と緋衣響は思う存分泣きじゃくることにした。泣いても泣いても、後から後から涙が出て止まらない。みっともない、と思う。恥ずかしい、と思う。でもそれ以上に何もかもが嬉《うれ》しくてたまらなくて、その癖悲しくてたまらなくて。

長い長い旅路の果て。行き着いた先は、現実という名の幸福だった。

◇

現実世界と隣界の繋がりは断たれた。現実からの観測では、おおよそ完全な消滅としか認識できなかっただろう。

しかし、隣界は生きている。隣界に住まう者もまた、生き続けている。

「領域の混乱が激しい。まずは早急に、各領域の支配者《ドミニオン》を決めなくては」

真夜がくい、とメガネを指で上げる。ハラカはそれを見て困った困った、と腕組みする。

そしてアリアドネは変わらず眠っている。秘書として起用された佐賀繰唯《さがくれゆい》は、嫌な予感がして後ずさる。

「……とりあえず第七領域《ネツァク》は佐賀繰唯にお任せするとして……」

「あの……私、絶望的に支配者《ドミニオン》とか向いてないと思うのですが……」

「大丈夫。そういう時のために、既にマニュアルを執筆した。タイトルは『馬鹿でもできる支配者《ドミニオン》』」

「なら誰でもいいのでは⁉」

「誰でも、という訳ではない。支配者《ドミニオン》には力ある者でなければならない。その点、佐賀繰唯はほら……数で圧せるから」

「割としょうもない理由ですね……」

「第一領域《ケテル》は不在でいいとして、あとは第三領域《ビナー》に第六領域《ティファレト》、第八領域《ホド》、第九領域《イエソド》、第一〇領域《マルクト》……多い……多すぎる……！」

「第八領域《ホド》と第一〇領域《マルクト》は、わたくしが引き受けましょうか？」

その言葉に、四人ははっと会議室の扉を見た。いつのまに忍び込んできたのか、にこやかな顔で時崎狂三——ではなく、シスタスと呼ばれる少女が手を振っていた。

「引き受けてくれるのか？」

「あなたたちがよろしければ、ですけれど。わたくしが信用できないのであれば、しょうがありませんが——」

「いやいや全然全くそんなことはないよはいここに座って座って佐賀繰唯お茶を持ってきて欲しい痺《しび》れ薬とか入れてもこの際構わないからねさて時崎狂三改めシスタスあなたは第六領域《ティファレト》と第八領域《ホド》と第一〇領域《マルクト》を引き受けてくれるということでよろしいだろうかよろしいならばこちらにさらっとサインをお願いしたい」

「さりげなく領域を一つ増やさないでくださいまし⁉　わたくし、未経験者ですのよ⁉」

物凄《ものすご》い勢いで真夜がシスタスを座らせ、勢いよくまくし立てながら書類を取り出したあたりで、シスタスのツッコミが入った。

ちぇっ、と口で言いながら真夜は渋々と座り直す。

「そもそも、支配者《ドミニオン》がどういうものなのか分かっていませんし……」

「書類」

「はい？」

「他の支配者《ドミニオン》はいざ知らず、私にとっての支配者《ドミニオン》とは即《すなわ》ち書類仕事。少し前までは某女王の影響のせいで、領域から領域を渡り歩くのにも許可証を発行していたから」

「いきなり吐き気と目眩《めまい》を催すようなスタート地点ですわね。……でも、女王がいなくなった今、もうそういう書類は必要ないのでは？」

「ということを話し合って決めて裁決するための書類が必要で」

「まだるっこしぃぃい、死ぬほどまだるっこしぃぃぃぃ……」

アリアドネがぐったりしたまま悲鳴を上げた。それを横目にこほん、と真夜は咳払《せきばら》い。

「ともかく、私たちは一緒にやっていけると思う。支配者《ドミニオン》にようこそ、シスタス」

「謹んで、拝領いたしますわ。真夜さん」

満足げに頷《うなず》く真夜の隣で、ハラカはよーしそれならば、とどこからともなく大振りの酒瓶を取り出した。

「会議はこの辺で終わって、やるか！」

「やってどうするまだこんなに裁決しなければならない書類が山ほどあるというのに」

「どんどん真夜の台詞《せりふ》が早回しみたいになってる……。何、結束を固めるための行事みたいなものだよ。一杯くらい、いいだろ？」

ハラカの言葉に真夜はため息を一つ。

「……まあ、一杯くらいなら」

盃《さかずき》に酒を注いで、ハラカは声高らかに叫ぶ。

「それじゃあ……向こう側に行った友と、こちら側に残ったかけがえのない友のために！」

乾杯、と思い思いに告げて彼女たちは盃を口にした。

緩やかな時間は変わらず。未知への不安と恐怖はあるが、希望はここに。

隣界は、もう現実の隣には存在しないのだ。

「た、たたた大変です！」

「？」

支配者《ドミニオン》たちの領域会議に駆け込んできたのは、第二領域《コクマー》の準精霊だった。見知った顔である真夜が立ち上がり、「どうしたの」と尋ねる。

「あ、」

「……あ？」

「新しい準精霊が観測されました。彼方の世界から切り離された後から発生した準精霊です」

真夜が立ち上がって即座に走り出し、アリアドネとハラカ、シスタスや唯も慌ててその後に続いた。

走りながらアリアドネが叫ぶ。

「ど、どういうことなのぅ⁉　向こう側とは完全に接続が断たれたよね⁉」

「あれからそれほど日にちが経《た》っている訳じゃないけど、隣界編成《コンパイル》も観測されていないよな！　あれが無くなった時点で、あたしも向こう側とは縁が切れたと思っていたんだけど！」

「分からない！　分からないから、その準精霊に尋ねてみるしかない！」

その準精霊は、周囲を取り囲まれて不安げに左右を見回していた。目尻には涙を浮かべて、震える様は生まれたての子ジカのようである。

「こ、怖くないですよ〜」

佐賀繰唯（別個体）が、引き攣《つ》った笑顔を浮かべて彼女をあやしていた。あやしていた、と言っても少女は同世代に見えるのだが。

「あ、あの。ここはどこですか？」

「えーと……」

答えていいものかどうか迷う佐賀繰唯。その様子に不安を感じたのか、震えがさらに激しくなる。さすがの唯もこの時ばかりは、自分の堅苦しさを呪った。

「と、到着した……ぜぇ、ぜぇ……」

最終的には途中でリタイアしかけて、真夜はハラカに担《かつ》がれていた。

「ど、どなたですか？」

「……雪城、真夜と言います」

「あ、はい。雪城さん、ここは……どこなのですか？」

「その質問に答える前に、私の質問に答えて欲しい。あなたの名前と、過去を教えて」

「えっと、名前は――です。過去は……過去は、思い出せません」

「その手に持っているのは」

「無銘天使――です」

名前も、無銘天使も、未知の準精霊。

過去はないのか、忘れてしまったのか、あるいは……真夜がかつてした考察通り、もしかするとこの隣界では、準精霊は生まれつつあるのか。

どれかは、これから調べてみないと分からない。でも、これだけは彼女に言わなければならない。

「隣界へようこそ。歓迎する」

笑って、手を差し出すことから始めよう。かつて自分がそうされたように。

怯《おび》えていた準精霊は、その言葉と真夜の笑顔にほうとため息をついて。

その手を、しっかりと握り返した。

世界に変化はあり、されど規則正しく回り続ける。少女たちの運命は、少女たちの思うがままに。

○そして、時崎狂三《ときさきくるみ》は

命を捧《ささ》げても惜しくはない、と思った人間がいて。その人と買い物をしようと待ち合わせをしていて。そして、その人と一緒に歩いて雑談をしているさなかに。

——想像して欲しい。

「あ……」

と呟《つぶや》いたまま、ウェディングドレスから目を離さないでいる場合、どうしたらいいだろうか。質問者はわたし、緋衣響《ひごろもひびき》です。

こちらの正解はひとまず置いておくとして、第二問。

現実世界に生まれてから一ヶ月。まず最初にやったことは何でしょう？

色々な人と巡り会う？　隣界《りんかい》にはない様々なものに触れ合う？　隣界とのギャップを感じて苦しんだりしてみる？

どれも不正解。答えは書類の改竄《かいざん》であるアハハハハ。

具体的に言うと、この日本という国において戸籍というのはとてもとてもとても重要なもので、これがなければ運転免許も取れないし身分証明もできないし何だったら働くことも難しい。

隣界で生きていくためには、霊力が必要だった。

今、必要なのはお金、マネーである。

「現実って世知辛い……」「思い知りましたか響さん」

ドヤ顔の親友の頰をつねるのは、許される権利だと思う。

まあ、そんなこんなで狂三さんの謎の伝手《つて》を頼って、やってきました謎組織。謎組織の方でも、「ある日突然、一〇〇人以上の謎の少女がやってきた！」と慌てていたらしい。

しかもその内の何人かは行方不明として扱われていた少女であり、しかもしかも、例えば五年前に行方不明になった少女は五年前の姿のまま現れたのだから、まあパニックになるだろうね、そうだろうね。

そこまでは苦笑交じりで、組織の偉い女の子（ツインテの飴玉《あめだま》食べてる偉くてエロい女の子だった。ちなみにこの女の子に狂三さんがボコボコにされたらしい。マジか凄《すご》いな現実の女の子）が話してくれたのだが、やってきた元準精霊たちの七割くらいが「あのイケメンさんに会いたいでーす♥」と言ってのけたときは、さすがに頭を抱えたという。

「あの馬鹿兄、何してくれたの⁉　何もしてないの⁉」

ただ生きていることに曖昧だった少女たちを、面と向かって口説いただけですが。喩《たと》えるなら砂漠をさまよい歩いて倒れたときに、水を口移しで与えたくらいのレベルで。修羅場になったと思うが、まあこれはしょうがない。モテ期なのだと前向きに考えて欲しい。え、ここんとこずっとモテ期続いてる？　マジか。

……まあ、それもこれも大方片付いた！

戸籍はごにょごにょして貰《もら》った。つまり身分証明はできた。家族が存命の準精霊は家族と話し合って、受け入れられるところは受け入れてもらった。

輝俐《キラリ》リネムさんと絆王院瑞葉《ばんおういんみずは》さんは、到着して二週間で現実に順応。戸籍取得した早々に事務所にスタッフごと所属。速攻でアイドルとしてデビューを果たした。凄《すさ》まじいバイタリティである。

既に街を歩けば、彼女たちのポスターやCM映像がちらほらと目につき始めている。目指せトップアイドル、ということらしい。

キャルト・ア・ジュエーさんは戸籍を取得するなり旅立った。そして、道行く先々でトランプの芸を見せてお金を稼いでいるらしい。歩くことはできないものの喋《しゃべ》ることができるトランプたちは、まさに不思議の世界の代物だろう。

観客はまさか普通にトランプが自意識を持って喋っているとは思わず、高度な腹話術だなあと感心しているそうだ。

銃ヶ崎烈美《じゅうがさきれつみ》さんは、現実世界と隣界のギャップに悩む元準精霊たちのカウンセリングを担当している。しっかり者のお母さん、という感じだ。

「やっぱりギャップにめげる子とか多いかもだしねー。特に失恋した子も多いし。……いや多すぎるな。今さら一〇人二〇人増えても良くないかな？　艦長さんに尋ねてみよう」

いや多分それはさすがに無理だと思います。新しい恋を探してあげましょう。

そんなこんなで、準精霊たちが大挙して押し寄せてきた現実の世界も色々と大変だけど。何しろこの世界には七〇億の人間がいるのだから、一〇〇人増えた程度なら何とでもなるでしょう！　前向きに考えるべし！

そして蒼《ツアン》さんについて。彼女が戸籍を手に入れて、まず最初にしたことはある意味予想通りで、格闘ジムのドアを叩《たた》くことだった。もちろん、今の彼女には無銘天使も霊装《ドレス》もない。けれど、培《つちか》った膨大な戦闘経験は彼女をあっという間にスターダムに駆け上らせることになった。

具体的に言うと、最低でも半年以内にはテレビの格闘番組に出そう。重さ一〇〇kg以上のサンドバッグを天井まで蹴り上げる美少女はインパクト大だ。いやわたしでもスカウトするわプロモーターになるわマネージャーやるわ。冷静に考えると頭……じゃなくて、身体能力が狂三ってる（ヤバいレベルでおかしいくらいの意味）なあの人。

さて、そして。いよいよ最後。遂《つい》にあの人と巡り会えることになった我らが時崎狂三さんはというと！　いうと‼

へたれていた。

スッゲえへたれていた。

何しろ、一ヶ月も経っているのに――まだ、会っていないのである！

わたしの予想だと、正直に言って現実世界に帰還して一時間以内に襲いかかると思っていたのに！　何も！　してないので！　ある！

どないやねん。

「……忘れられていたらと思うと……」

しょんぼり声でそんなことを言うので「いや、狂三さんは忘れられるようなキャラじゃないでしょう」と言って怒られるのを待機していたら、

「でも、わたくしはわたくし以外にも沢山いるので……」と更にしょんぼり追い打ち。

辿《たど》り着いてからへたれるとか、あまりにらしからぬ状態である。あ、そう言えば狂三さん以外の狂三さん（本体）もいると聞いていたが、残念ながら会うことは叶《かな》わなかった。

向こうも向こうで色々と忙しいらしい。あと、そもそも隣界にやってきた理由が狂三さんがアレをこうナニしたせいらしいので、とりあえず気まずいのだとか。

まあ、時崎狂三と一言で言っても隣界で戦っていた彼女とこちらで戦っていた彼女とでは、最早《もはや》別人……というのは言い過ぎだけど、喩えるなら並行世界の自分のようなものだ。違う道を歩んだ少女。

同じではあるが、その価値観に決定的な相違がある。

それほどの戦いを、修羅場を、冒険を、隣界の狂三さんも現実世界の狂三さんもしてきたのだろうから。

……さて、話を戻すとしよう。へたれ時崎狂三、略してへたくるみを何とかしなくては。

そしてその為《ため》にも、このウェディングドレスを使うとしよう。

「狂三さん。以前、例のあの人との逢瀬《おうせ》はお伺いしましたが。その時、着てたんですよね？　これを」

「ええと、まあ……その……ええと……はい……」

照れ臭そうにそっぽを向く狂三さんは、普段らしからぬ所作であり、つまり死ぬほど可《か》愛《わい》いというやつである。

コロリと逝《い》くと思うんだけどなー、この表情見せたら。尊死《とうとし》的な感じで。

まあ、それはともかくとして。

「じゃあ、このウェディングドレスを買いましょう！」

「……ほわっつ？」

狂三さんがこてん、と首を傾《かし》げたのでもう一度、噛《か》んで含めるように言う。

「いいから、買いますよコレ。ウェディングドレスを買うとか贅沢《ぜいたく》極まりない金銭の使い方ですねワハハハハ」

「い……いやいや、ちょっとお待ちになってくださいまし。ウェディングドレスを買ってどうしますの？」

「そりゃもちろん、着るんですよ狂三さんが」

「わたくしが!?　なぜ!?」

「それはまあ、それを着て襲い……会いに行ったら、絶対に思い出してくれるでしょう？これで思い出せないなら、芽はありません。というか忘れてしまっていたらその人に異常事態が発生しているとしか。まあ会ったことないので、多分ですが……」

うむ。何故にわたしが彼に対して擁護めいた発言をせねばならないのか、と己に憤《いきどお》りつつもとりあえずそう言う。

「で、でも。ウェディングドレスなんて、お高いでしょう？」

はい、もちろんお高いですよ。オーダーメイドの購入相場は五〇万あたりからでございます。高級になるとさらにその倍。いやもうちょっと掛かるかもという感じ。

だが、最早価格など問題ではないのだ。

「わたし、才能あったんです」

「……何の？」

「FXの」

「……」

狂三さんがマジかよという表情でわたしを見ている。いやそれがマジなんです。わたしも我ながら己の多才さが怖いわ。というかFXの才能がある準精霊って何なんだ。……隣界だと、何もできなくて辛《つら》かっただろうな……。

「まあ、そんな訳で。日頃のお礼も込めて奢《おご》りますよ」

「いーやーでーすーわー！」

狂三さんはじたばたして首を横に振った。うう、金銭関係は狂三さんは潔癖だからなぁ。

仕方ない。ここは一つ借金という形にしよう。

いつか返してくれればいいですから、と言うと狂三さんは渋々と承知した。

という訳でウェディングドレスをチャキチャキッと購入。支払いは一括払い。どう見ても結婚するとは思えない年齢だが、そこらへんは色々と口八丁手八丁で誤魔化しました。

「ありがとうございましたー。またのご利用をお待ちしていま……あ、いけない」

そうですね。ウェディングドレスを買ったお客様にまたのご利用は禁句ですよね。それはともかく、狂三さんは呆然《ぼうぜん》と領収書を見ていた。

（ウェディングドレスを持ち歩く訳にはいかないので、当然ながら配送である）

「買えましたわ……買っちゃいましたわ……」

「さあ、もう後戻りはできませんよ！」

満面の笑みでそう挑発すると、狂三さんは引き攣《つ》った表情で笑った。

「響さんはもう、まったく……まったく！」

でも、これでどうやら覚悟は決まったらしい。獲物を見定めた虎のように、というと多分狂三さんが怒るけど、そんなオーラが狂三さんの周囲に漂っていた。

偉い司令さんからも聞いている。例の彼にはライバルがファッキン多いことも。というかこの偉い人も多分アレだな……ということも観察眼の鋭いわたしは見抜いたのであった。

そしてそして。問題は、狂三さんは現状では過去のヒロインということである。

現在まで共に過ごしてきた他のヒロインたちと比較すると、かなり出遅れ気味なのだ。

なので、ここで一気に抜き返す。狂三さんの差し脚でライバルごぼう抜きというヤツである。何しろウェディングドレス、全女性の憧れ、否《いな》、全人類の憧れと主語を大きくしても過言ではない。

「で、でもですね響さん。でもですよ」

「でも何です？」

「……引きませんか？」

わたしは肩を竦《すく》めて海外っぽいリアクションをした。

「いいですか狂三さん。普通に例の人に会って、『ごめん、狂三だよな？　その、どの狂三だ？』って申し訳なさそうに言われるのと。ウェディングドレスで恥ずかしさを堪《こら》えて『ああ、あの狂三か！』って一発で思い出して貰うのと、どちらが嬉《うれ》しいですか？」

「後者ですけど！　それはもう後者ですけど！」

「なら！　恥ずかしいとか言ってる場合ではないでしょう！」

「そ、そうですわね。そうですわよね！」

「そうです！」

……冷静に考えるとテンションがおかしいことになっているな、狂三さんはともかくとしてわたしも。アレだな、狂三さんが試着したウェディングドレスで訳分からなくなってるな、わたし。

とにもかくにも。狂三さんはようやく決意を固めたのだった。

決戦は七月七日、言わずとしれた七夕の日。この日、わたしたちが住む天宮《てんぐう》市の商店街ではささやかながらお祭りが開かれる。

狂三さんにとっての思い出の日であり思い出の場所。

この商店街の近くにあった小さな結婚式場で、彼女は結婚式の真似事《まねごと》をしたという。

後の問題は、どうやってあの彼を呼び出すか、だが。

「それはわたしにお任せください」

「え、任せる？　響さんに？　物凄《ものすご》く不安なんですが！」

実にストレートな心境を語る狂三さんだが、わたしには自信がある。自信というか、人として当然の理屈で語れば、多分大丈夫のはずだ。

もっとも。もし断ったらわたしは絶対に許さない。命を懸けてでも、狂三さんのところへ引き摺《ず》り出す心持ちである。

という訳でいざ進め戦場へ。チャイムを鳴らす。例の彼は現在、大学生活を謳歌《おうか》中とのこと。つまり、死ぬほど暇なはずである。大学生に対する偏見込みだが。

「はーい」

と呑気《のんき》こいた男性の声がする。ところでわたしってば、男性と話すのはこれが初では？

まあ、どうでもいいけれど。

「どちら様で……」

わたしの顔を見るなり、その人は絶句した。まあ、わたしも絶句するだろう。髪は真っ白でオッドアイでメンチ切ってる美少女など、そうそういるものではない。

おうおう、わたしの好きな人をようも唆《そそのか》してくれたのう、あんちゃん？

「狂三……じゃない、よな」

とは言え、彼が驚いたのは別のこと。この人、わたしが狂三さんに似ていると思ったらしい。いや待て、確かにそう言えばそうなるのだろうか。だって今のわたし、色々な要素が混じってるけど、肉体的には紗和《さわ》さんと女王の合体みたいなものだし。やだなぁ照れるなぁ、でへへへへ。

「えーと、何か御用ですか？」

妄想に浸りかけたわたしを、少し訝《いぶか》しげに彼は見つめている。いけないいけない。こほん、と咳払《せきばら》いして場を誤魔化した。

「伝言を頼まれました」

「はあ」

「チャペルで、お待ちしていますわ、とのことです」

うん、必要なキーワードはこれだけ。七夕であることくらい、今日のカレンダーを見ればいくらでも知ることがあるだろう。なら、そこにチャペルというキーワードを組み込めば、思い出すのは道理である。……思い出すよね？　これで思い出せなかったら絶対に許さないぞい？

「……！」

反応は迅速。「ちょっと出てくる！」と彼は家に向けて叫ぶなり、取るものも取りあえずといった様子で走り出した。後先省みない全力疾走、わたしのことなど頭から忘れたといったご様子。

「……むぅ」

なので追いかけることにした。これはもちろん、出歯亀とか野次馬根性とかそういうものではなく。件《くだん》の彼が、きちんと正しい場所に辿《たど》り着けるかどうかの確認である。

走る《ラン》、走る《ラン》、走る《ラン》。

脇目も振らず、真っ直《す》ぐに。別に足が滅茶苦茶《めちゃくちゃ》速いという訳ではないけれど、彼は多分、全力で走っているのだと信じられる力強さ。

ああ、もう。ホント――面白くない。面白くないけれど。

「……なかなか、やりますね……！」

などと余裕ぶった後方保護者ヅラしつつ、わたしも遅れまいと走っているのであった。

式場に辿り着いた彼は、ほとんど迷うことなく式場内に併設されている小さなチャペルに向かっていった。両開きの扉をほとんどぶつかるような勢いで開く。

もちろん、そこにはあの人がいる。

旅をして、旅をして、旅をして、この人に会うためだけに旅をし続けた少女が。

おめでとう狂三さん。ゴールしましたよ、その人。

◇

ウエディングドレスを着て、あの人を待つ。

千々《ちぢ》に乱れるかと思ったわたくしの心は、どこか穏やかでした。

来なくてもいい、とすら思ったほどです。この気持ちを忘れずにいれば、いつでも再会できるし、覚えていてくれなくても構わない。

……いえ、それは傲慢ですか。わたくしは、大切な友人と共にここまでやってきたのです。やってこられたのです。

あなたがいなければ、わたくしはとうの昔に諦めていたでしょうし。

あの子がいなければ、わたくしはとうの昔に消えていたでしょう。

だから、ここにいる半分はあの子のため。もう半分が、あなたのためなのです。伝えたいことは沢山あって。その半分も伝えられるか疑問で。

でも、とにもかくにもただ会うだけで嬉しくて嬉しくて。

足音がする。式場には相応《ふさわ》しくない、あまりに急いだ走り方。

わたくしは扉の方へ顔を向ける。大丈夫だろうか、わたくしは泣いていないだろうか。せめて、最初くらいは綺麗《きれい》にお化粧をした顔をあなたに見せたかったのですけれど。

バタン！　と扉が開く。

「ああ――」

何を言うべきか、何を伝えるべきか。そんな思考が吹き飛んだ。

「狂三……！」

彼の声は、どこか震えていた。それは、やはり。わたくしのことを、覚えていてくれたと考えてよろしくて？

わたくしは頷《うなず》いて答えた。

「はい。時崎狂三ですわ。…………士道《しどう》、さん」

士道さん、士道さん、士道さん、五河《いつか》士道さん。ようやく、ようやくその名前を、あなたの名前を、口に出せました。

隣界では一度たりとも口に出すことができず、こちらの世界へ戻ってもやはり口に出すことのなかった、あなたのお名前を。

士道さんは、何を言っていいのか分からないというように首を振って。それでも、やるべきことを把握しているかのように、ゆっくりとチャペルを歩いてわたくしの前に立った。

誓いの儀式は不要。

ただ、わたくしはあなたがベールを上げるのをじっと待つ。

◇

さて、緋衣響のやるべきことはあと一つ。

それは狂三さんの顔を、見つからない場所でそっと眺めること。別に変態的な意味合いではない。恋をして、恋に落ちて、恋をし続けた少女の、最高に幸福な表情を。それをこの目で見るためだけに、隣界からはるばる渡ってきたと言っても過言ではない。

扉からではなく、小さな窓からそっと。見咎《みとが》められないように。

チャペルに飛び込んできた例の彼は少しあたふたしながらも、狂三さんの顔にかかったベールをそっとまくり上げる。

そして。

わたしはその、万感の幸福に満ちた表情を確かに見た。恥ずかしげに、照れ臭そうに、はにかむ少女を確かに見た。

彼が口を開く。

「願い、叶《かな》ったな」

「ええ、長い時間が掛かりましたけど。ちゃんと、叶いましたわ」

そして、狂三さんはそう答えた。

「──ああ」

知らず知らずに、涙が出た。このために、このためだけにあの人は頑張って、頑張って、戦い続けた。

良かった。あの人が、ずっと真っ直ぐで本当に良かった。あの人の献身が報われて、本当に良かった。本当に、本当に本当に本当に……！

聞こえないように嗚咽《おえつ》を堪え、わたしは窓から離れる。これは決して失恋の痛みなどではなく。敬愛する友達が報われたことへの、感動の涙だった。

泣くだけ泣いて、もうスッキリした。式場を出ると、もうそろそろ夕暮れという時間帯だ。どこか適当なところで食事を済ませるか、いやせっかくだし祭りの屋台でも覗《のぞ》いてみるか、などと迷っていると、背後から声がした。

「ひーぴーきーさーんー♪」

「はっ、なんでありましょうか時崎狂三一佐！」

体を回転させると同時に最敬礼すると、狂三さんはコイツまた何か変なものに嵌《は》まりやがったな、という表情を浮かべた。狂三さんは既にウェディングドレスを脱いで、私服に戻っている。いっそあのまま、式場を飛び出して祭りを練り歩くくらいでいいと思うのだけど、さすがに無理がありますか。ありますね。

「今度は傭兵《ようへい》にでもなるおつもりですの？　まあ、それはいいとして」

狂三さんが彼女の背後で所在なさげに立っていた少年――と言うには、ちょっとだけ大人びた青年に顔を向けた。

「士道さん。こちら、緋衣響さんです」

え、紹介された？　戸惑いつつ、緋衣響《わたし》は青年と視線を絡《から》ませた。

「響さん。こちら、五河士道さんです」

ああ、良かった。ちゃんと名前を思い出せたのか。隣界でついぞ呼べなかった名を、狂三さんは嬉《うれ》しげに呼んでいる。

「えーと……よろしく、お願いします？」

「はぁ……こちらこそ」

そして、とりあえず二人して頭を下げ合う。名刺交換でもしましょうか。いやすみません、名刺は切らしていまして。

「えっと……君は狂三の……？」

「わたしは、ええと……」

さて、どう関係を説明したらいいものか。

「——友達です」

キッパリと、困惑の糸を一刀に断ち切る——いや、狂三さんの場合は一弾でブチ壊す、そんな一言だった。

信じられない、という感じでわたしは狂三さんを見る。彼女は少し照れ臭そうに、そしてそれでも繰り返し告げる。

「わたしの大切な、大事な、友達なんです」

「狂三さん……」

いかん、先ほど泣きじゃくったばかりなのにまた泣いてしまいそうだ。

「そっか。よろしくな、緋衣さん」

「はい、こちらこそ」

ほわっとした感じで笑う青年は、ありふれた言葉で挨拶した。狂三さんは、穏やかな顔で告げる。

「士道さん。わたくし、とても長い長い旅をしてまいりましたの。長くて、驚異的で、素敵で、悲しくて、でもすごく楽しかった。そんな旅ですわ」

そうですねぇ、とわたしは首肯した。

とてもとても長い旅、とてもとても素晴らしい旅、とてもとても悲しい旅だった。

「士道さん、本日もう少しお時間をいただけますか？　良かったら、わたくしたちの旅の話を聞いてくださいまし」

「ああ、聞くよ。どんなに長い話でも」

「響さんも手伝ってくださいますか？　わたくしだけだと、記憶が曖昧かもしれなくて」

「もっちろんでっす！　何だったら監督と脚本・演出・撮影もこなしますよわたし！」

「それ必要なのか……？」

「必要ありませんわ、響さんはこう……合いの手を入れていただければ」

「イヨッ狂三さん日本一！　みたいな？」

「そうそう。……ちーがーいーまーすーわーよー」

頬をつねられる。わたしはうがーと暴れる。その光景を見た士道という人は少し面食らった後で笑って、それから嬉しそうに狂三さんに言った。

「いい友達、できたんだな」

「ええ、ええ。それはもう」

くすぐったくなるような胸を堪《こら》えて、わたしはわたしの好きな人とわたしの好きな人が好きな人の隣に立つ。

寂しさも少しあるけれど、隣の幸福に満ちた表情がわたしの求めていたものだと、わたしは理解しているのだ。

「では、最初からお話ししましょうか。わたくしがどこに居たかと申しますと――」

それでは、痛快な話を始めましょう。

時崎狂三と、緋衣響の、波瀾万丈《はらんばんじょう》の冒険譚《たん》を。

それでは、切ない話を始めましょう。

隣界に住まう少女たちの、ひたむきな戦いを。

そしてそれでは、他愛のない人生を始めましょう。

時崎狂三と、緋衣響の、穏やかな日常を。

歩くことは忘れずに。振り返ることはあっても立ち止まることはなく。

多くの人々の、多くの人生のように。楽しいことばかりを覚えて、辛《つら》く悲しいことは忘れながら生きていく。

そしてそれでも、忘れ得ぬ——喜びと哀《かな》しみが詰まった大切な思い出を胸に抱き締めて。

その思い出が心に痛みを与えたとしても、それこそが素敵なのだと誇らしげに胸を張って。

わたしたちの旅は、まだまだ終わることなく。

ああ、それはまさに。放たれた弾丸のように。

時崎狂三《わたくし》と、緋衣響《わたし》の、人生《デート》は続いていく。

■完結　あとがき

※注意　本編のネタバレがあります。物語を読み終わってから、あとがき読んでね！

東出祐一郎《ひがしでゆういちろう》

「デート・ア・バレット」ここに完結です。はい、完結です。あの七夕《たなばた》の日、好きな人と離別した時崎狂三《ときさきくるみ》は、やはり七夕の日に帰還しました。本編で五河士道《いつかしどう》や精霊たちが怒濤《どとう》のような展開を繰り広げていたその裏、誰も知らない世界で少女は旅を続け、戦い、少しだけ休みながら、現実に帰還しようとしていました。

そしてその願いは叶《かな》いました。文句なく、問答無用のハッピーエンド。隣界《りんかい》に残ることを決めた準精霊も、あるいは現実で生きようと考えた準精霊も、それぞれがそれぞれの人生を歩み始めるのです。

幸福も不幸も、それが人生だと思いながら。遠く隔《へだ》たった世界で頑張るかつての友人、戦友たちにエールを送りながら。

……という訳で読者の皆様、本当に本当にありがとうございました！

まずは何よりも、かなりのスローペースで執筆していたにもかかわらず、最後の最後まで読んでいただいたこと、本当に感謝しております。特に七巻から八巻までは一年以上掛《か》かっている上に本編も完結しており（改めましておめでとうございます）、申し訳なさも∞（むげんだい）です。

ですが、その間もずっと「デート・ア・ライブ」が盛り上がり続けており、恐らくその勢いはまだ続いているのです、ビックリです。何しろＴＶアニメが控えていますし、この八巻と同時発売する「デート・ア・ライブ」アンソロジーもありますので！

東出もアンソロジーに参加して、ささやかですが短編を執筆させていただきました。アンソロネタバレ、バトルします。何度目だ。

感謝は尽きることがありませんが、さすがにそれだけで終わってしまうとアレなのでこのくらいにして。この企画の発端から。一巻のあとがきでも説明しているのですが、ここで一つ改めて、という感じで。

『『デート・ア・ライブ』の最凶人気キャラクター、時崎狂三を使ってバトルする」

まず、これがスタートでした。そしてこれが、最初の難関でした。本編作者である橘《たちばな》先生からは「使用可能な弾丸」「使用不可能な弾丸」が予《あらかじ》め設定されており、更にほとんどの弾丸は本編で描写されているため、調整することもできません。

本編においての狂三はまさにトリックスター……それだけに、能力も搦《から》め手《て》や時間改変という大きい……大きすぎる力があり、もしかしてこれは凄《すご》く難しいのでは……と思い、実際スタート時点では「これから先、この手持ちの力でどれだけやれるだろうか」と悩んでいたのです。ところが二巻あたりから「この弾丸の能力を応用すれば、これできない？」という感じで連鎖《れんさ》的にアイデアを思い付き、橘先生からも快く許可を貰《もら》えたあたりから、この時崎狂三というキャラクターの戦闘能力が走り出します。

時間を操作する、影を操る、銃を撃つ、この三アクションをこれほど格好良くこなしてくれる彼女が、「デート・ア・ライブ」の裏番であることに疑いはないでしょう。

お陰《かげ》様で本当に書いてて楽しかったです。楽しかった、といえば編集さんから「すみません。狂三は毎回コスプレさせて欲しいのですが……」とある巻を渡したときに言われたときは「お、おう。了解です。じゃあ今回はこれで……」と面食らいましたが、後になって「そういうことか……！」と慧眼《けいがん》に震えております。凄いですよね、フィギュアの数。毎回知らない内に発表されて知らない内に販売され知らない内にヒット飛ばしてるんですよコスプレ狂三。フィギュアになってないコスプレを探すのが難しいレベルです。

ちなみにコスプレ自体は「ご、強引だけどこれで！」って書くので結構楽でしたが、大変なのはイラストレーターのNOCOさんだと思います。怒るなら編集さんによろしくお願いしますNOCOさん。

という訳で本当に長い間……と言いましても、「デート・ア・ライブ」本編の半分にも満たない年月ですが、お付き合いいただきありがとうございました！

そしてまず何より、本編完結アフターエピソードも完璧に終わらせた橘公司《こうし》先生に感謝。続いてイラストを担当していただいたNOCOさん並びに、本編のイラストレーターであるつなこさんに感謝を。

原稿を辛抱強く待っていただいた編集さんにも感謝を。

そして何より、このあとがきを読んで満足していただいた読者の皆様に感謝を。

ありがとうございます。

少女たちの旅は終わり、日常は廻《まわ》るように続いていく。それは暖かな昼下がりの、穏やかな微睡《まどろ》みのように。

東出　祐一郎

あとがき
「デート・ア・バレット」完結 おめでとうございます!! 東出先生、
関係者の皆さま、お疲れ様でした!
携わることができて本当に嬉しかったです。
楽しい日々をありがとうございました!
最後なので あまり描く機会がなかった
美少女な響さん
(当社比)

お便りはこちらまで

〒一〇二―八一七七
ファンタジア文庫編集部気付
東出祐一郎（様）宛
橘公司（様）宛
ＮＯＣＯ（様）宛

富士見ファンタジア文庫

デート・ア・ライブ　フラグメント

デート・ア・バレット８

令和４年１月20日　初版発行

著者——東出祐一郎《ひがしでゆういちろう》

原案・監修——橘《たちばな》　公司《こうし》

発行者——青柳昌行

発　行——株式会社KADOKAWA

〒102-8177

東京都千代田区富士見2-13-3

0570-002-301（ナビダイヤル）

印刷所——株式会社暁印刷

製本所——本間製本株式会社

※定価はカバーに表示してあります。

●お問い合わせ

https://www.kadokawa.co.jp/（「お問い合わせ」へお進みください）

※内容によっては、お答えできない場合があります。

※サポートは日本国内のみとさせていただきます。

※Japanese text only

ISBN978-4-04-074363-9　C0193　◇◇◇

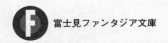

世界を殺す少女を止める方法は――
デートして、デレさせること!?
ファンタジア文庫

少年は、世界から否定される少女と出会った。
突然の衝撃波とともに、跡形もなく、無くなった街並み。
クレーターになった街の一角の、中心にその少女はいた。
「——おまえも、私を殺しに来たんだろう?」
世界を殺す災厄、正体不明の怪物と、
世界から否定される少女を止める方法は二つ。
殲滅か、対話。
新世代ボーイ・ミーツ・ガール!!
デート《DATE》・ア《A》・ライブ《LIVE》
橘公司
KOUSHI TACHIBANA
イラスト:つなこ
TSUNAKO
シリーズ好評発売中!
スピンオフシリーズ
デート・ア・バレット
著:東出祐一郎　イラスト:NOCO
好評発売中!

騙しあい。

各国がスパイによる戦争を繰り広げる世界。任務成功率100%、しかし性格に難ありの凄腕スパイ・クラウスは、死亡率九割を超える任務に、何故か未熟な7人の少女たちを招集するのだが——。

シリーズ
好評発売中！

ファンタジア文庫

世界最強の
“不可能任務”に挑む少女たちの
痛快スパイファンタジー！
スパイ教室
竹町
illustration
トマリ

これは世界を救う
久遠崎彩禍。三〇〇時間に一度、滅亡の危機を迎える世界を救い続けてきた最強の魔女。そして――玖珂無色に身体と力を引き継ぎ、死んでしまった初恋の少女。
無色は彩禍として誰にもバレないよう学園に通うことになるのだが……油断すると男性に戻ってしまうため、女性からのキスが必要不可欠で!?
シン世代ボーイ・ミーツ・ガール!
王様のプロポーズ
1
King Propose
橘公司
Koushi Tachibana
[イラスト]――つなこ

最強の初恋
シリーズ
好評発売中!
ファンタジア文庫

その男、
アード
元·最強の《魔王》さま。その強さ故に孤独となってしまった。只の村人に転生し、友だちを求めることになるのだが……?
ジニー
いじめられっ子のサキュバス。救世主のように助けてくれたアードのことを慕い、彼のハーレムを作ると宣言して!?
イリーナ
正義感あふれるエルフの少女(ちょっと負けず嫌い)。友達一号のアードを、いつも子犬のように追いかけている
神話に名を刻む史上最強の大魔王、ヴァルヴァトス。
王としての人生をやり尽くした彼は、平凡な人生に憧れ、
数千年後、村人·アードへと転生するのだが……
魔法の力が劣化した現代では、手加減しても、アードは規格外極まる存在で!? 噂は広まり、 嫁にしてほしいと言い寄ってくる女、次代の王へと担ぎ上げようとする王族、果ては命を狙う元配下が学園に押し掛けてくるのだが、
そんな連中を一蹴し、大魔王は己の道を邁進する……!

ファンタジア文庫
すべてを蹂躙《じゅうりん》する。
史上最強の大魔王、村人Aに転生する
The Greatest Maou Is Reborned To Get Friends
下等妙人
イラスト／水野早桜
シリーズ好評発売中！

ファンタジア文庫
イスカ
帝国の最高戦力「使徒聖」の一人。争いを終わらせるために戦う、戦争嫌いの戦闘狂
女と最強の騎士
二人が世界を変える――
帝国最強の剣士イスカ。ネビュリス皇庁が誇る魔女姫アリスリーゼ。敵対する二大国の英雄として戦場で出会った二人。しかし、互いの強さ、美しさ、抱いた夢に共鳴し、惹かれていく。たとえ戦うしかない運命にあっても――
シリーズ好評発売中！

細音啓が紡ぐ新たなるヒロイックファンタジー
細音啓
イラスト
猫鍋蒼
キミと僕の最後の戦場、あるいは世界が始まる聖戦
the War ends the world / raises the world
アリスリーゼ
帝国と対立しているネビュリス皇庁の第２王女で強力な氷の星霊を使う「氷禍の魔女」
至高の魔
敵対する

切り拓け！キミだけの王道
ファンタジア大賞
原稿募集中！
賞金
《大賞》300万円
《金賞》50万円
《銀賞》30万円
選考委員
細音啓「キミと僕の最後の戦場、あるいは世界が始まる聖戦」
橘公司「デート・ア・ライブ」
羊太郎「ロクでなし魔術講師と禁忌教典《アカシックレコード》」
ファンタジア文庫編集長
前期締切 8月末日
後期締切 2月末日
公式サイトはこちら！ https://www.fantasiataisho.com/
イラスト／つなこ、猫鍋蒼、三嶋くろね